文芸社セレクション

八十代の残日録

黄昏の春夏秋冬を営む

川本 道成
KAWAMOTO Michinari

文芸社

目次

「昏ルルニ未ダ遠シ」

前々から日誌を書くようにしたいとおもっていた。幾つかの意図が絡まって書いてみたいと思っていたのだが、今更85歳になって日誌というほどのものを書き続けていく自信はなかったこともあって思いはそのまま、沈殿していた。

最近、藤沢周平の小説の世界について読む機会があり、彼の小説の世界が単に捕物帖的な剣豪小説ではないということを知った。面白そうだと幾つか、小説の表題をメモしていくと、いわゆる市井の哀楽を描いたものや、彼の小説の舞台とも、人の息づく背景として架空の舞台である【海坂藩】。山形県の森岡藩をモチーフにした世界で「蟬しぐれ」や「たそがれ清兵衛」、武士の矜持に触れた「三屋清左衛門残日録」の連作小説に強い関心を抱いて、早速表記した小説を読み始め、そして「三屋清左衛門残日録」に感銘を受けた。

私は、その初めに出てくる小説の中で、城勤めから隠居して、家計を嫡子に委ねて暮らす清佐衛門に強くひかれた。

彼もまた、隠居してから日誌をつけているのだが、その題名は「残日録」である。その日誌を見た長男の嫁が心配して残る日々の想いを書いているのだろうかと問い質すと、清佐衛門は次のようにいう。

「日残リテ昏ルルニ未ダ遠シだよ」

【齢をとって残り少ないとはいえ、まだ朽ちるわけにはいかない。まだやることは多いんだ】と、挑戦し続けるぞという心境なのである。

清佐衛門が隠居したのは53歳前後だから私の今からすれば30年も違う。今の私は老齢で黄昏をはるかに過ぎた宵闇も過ぎて夜更けの時期だが、まだここで朽ちてはならない、と電流が走った。清左衛門ほど悠々自適ではないのは言うまでもない。私もせめて日誌ぐらいは書いていきたい、そう思ったのだ。書くことで、何か書き続けるためのテーマを日々発見していければ精神的に活き活きできるのではないかと思ったのだが。

日誌を書きたいと思っていたのにはその他に幾つかの理由があった。

その一つは私の女房殿が認知症になってもう5年位になるのだが、物忘れという段階ではなく、日々の生活で手助けが必須となってしまっていること、週に4回のデイサービスで過ごすようになっていて、今では家事のすべてにわたって私がしなければならない事態になっていることから、やり場のないしんどさが身にしみ込んでいることがあって、どこかで自分の精神的遊びというか、今、書き記しておかないと子供たちにも伝わらない事態になるという想いが強くなってきたからである。それは、私の精神的苦痛というより、妻の朝・夜の独り言ともいえる言葉が、彼女の心の叫びとなって私に投げかけてくる。混乱した心情の吐露を私にたたきつけてくるのだ。その事実を書き綴っていくことが何の役に立つというものではないが、私の接し方に役立てて行ければよいと思っている。時にはわめきたい怒りと腹立たしい感情を、冷静に始末できれば良いと思う。そのために書き記してみたいと思い立ったのである。あまり深刻に身構えないで、いわば老老介護の日誌というところだろうか。

日誌を書く第二の意図は、女房の認知症とも関係するが、自分を少しばかり客観視して振り返ることが出来るように思うのだ。

そのためには、毎日の生活と出来事を偽りも修飾もなく書きとどめていくことが大事だと思う。時として気づくことや新しいささやかな発見を書きとどめることで、身の周りの出来事や気づきを記録することは精神的にもよいことではないか、と気楽に考えている。

ところで妻の認知症のレベルは、国の基準と行政の認定によると、「要介護1」のレベルである。「要介護1」とは、「部分的介護が必要な状態。食事や排泄などの身の回りのことはたいていこなせるが、要支援に比べると日常の複雑な動作は難しく、認知能力や運動能力の低下がみられる」となっている。

私が2021年8月の時点での状況をまとめたものがあるが、5つの項目について妻の状態を次のようにまとめている。

①認知能力の低下。目の前にあっても探せない。注意散漫、今しがた自分でしたことが分からない。

②精神的孤独感。友達がいない、話し相手がいない、みんなどうしているのかわからない。毎日のように淋しいと言う。父や母が亡くなって50年もたつのに、まだ元気でいると錯覚して「お母ちゃんに会いに行かせて」とせがんでくる。

③家にいるとすぐに横になりたくなる。半年前までは、本を読んだり新聞記事をメモに書いていたが今ではそうした根気と持続性がなくなっている。

④食事の準備や洗濯機の使い方が分からない。

⑤要介護2に該当する身近な買い物も自分一人ではできない。夜中に尿漏れをして下

着を汚して履き替えることが多くなっている。尿パット、紙パンツを買って用意はしているが自分で判断して事前に履き替えることは出来ない。

これらの状態は今も変わらない。むしろ自分で何とかしたいという気持ちがあって自分流に家の用事をしようとするのだが、結局はできないことを改めて思い知らされて自己嫌悪感が強まるという循環が繰り返されている。

部分的には「要介護2」に該当する症状が数多くみられるようになった。しかし、この基準の見直しは令和6年頃になるようだ。基準が上がれば自己負担額も上がるので、基準というレベルはあまり気にならない。ただ、特養老人ホームに入るときは要介護3以上だから、その時に更新すればよいわけだ。

基準が要介護2になったからと言って特に良いことは何もない。むしろデイサービスの本人負担分が少し高くなる。デイサービスの介護対応に若干の変化があったとしても、要介護1も2も大差はないようだ。

もう一つ、日誌を書きたいと思っている訳は、社会的な出来事を含めて自分の視野と関心の領域を少しでも広く持って老齢期にありがちな近視眼的な世間観に落ちていかないように自分を鼓舞していきたいという想いを強く感じるようになったことがある。それには、何の努力も挑戦する気持ちもないのに自然に何かが生まれるものではない。

関心の領域を広めていけるようにしていきたいという願いも日誌への期待の中に芽生えてきているのも一つの想いである。しかし、日誌とはいえ、書き記した日付がそれほど大事ではない。気の向くまま、随想というかエッセイのような想いで書き綴っていくつもりである。

（２０２２年1月26日）

病魔に侵されたら

石原慎太郎氏が2月1日、膵臓がんで亡くなった。89歳だったという。

恐らく彼ほどの気骨を持った政治家はもういない。彼を、政治家として評価しない人も多い。歯に衣を着せぬ行動に裏打ちされた心情を誰はばかることなく吐露して、世論に訴え続けてきた人は少ない。彼を作家と言う人もいる。作家というより時代を切り裂く文章家・思想家だろう。彼は、ずっと中国と呼ばずシナと言ってきたことからわかるように言葉の概念に厳しい人であった。日本憲法の前文の日本語の助詞に厳格な注釈を加えて、正しい日本語で間違った憲法を作り直さないと日本の独立はないと言い続けた。更に、国の会計制度に強い批判を繰り返し、会計院という国家公務員による会計監査ではなく、複式簿記にして正当な監査法人による検証の下で国家財政の運用をすべきだと強調した人であった。

この国際的常識を日本で採用出来ないことを論理的に説明する人はいない。石原氏の逝去で同年代の自分として胸に迫るものがある。

老齢の死亡原因は脳梗塞や膵臓のがんが多い。特にがんでは胃、肺、大腸で高齢者の半数を占めているという。死亡数では、肝癌、腎臓癌、そして膵臓癌が多い。腎臓や膵臓は内臓奥深くに病原があるため発見しづらいと言われている。だから、神経質と言われようとやはり、定期的な人間ドックが必要なのだろう。

東京にいるNという友人は、症状はまだ軽いほうだが、脳梗塞で言語障害と全身のマヒが襲った。彼は確か76歳だったと思う。現在リハビリに励んでいる。体の変調には神経質なほど敏感に反応し、大病院で度々検査を受けていたのだが、それでも未然に防げなかった。

年老いて、身近に障害を抱えながら、必死に生き続けている人を見るのは身につまされる痛みが響く。Nは病院で歩く練習を始めている。人間は、衰えてくるにつれて、これまで生かしてくれた環境や人々に感謝し、己に出来ることをひたむきに行うことが生きることだと信じて訓練していくしかない。その時には、過去の人生を振り返って後悔しても始まらない。人間は与えられた命をいとおしみ、今できる力の限りを込めて生き抜かねばならない。だが、そのように思いきれたらどれほど気持ちが落ち着くだろう。見守る私たちは自分に差し迫ってくるまでの間は、心を込めて激励し、寄り添っていくようにするしかない。

これは、妻にも言える。認知症という自覚はないし、自分が物忘れという病気であることも知らない、「なんで知らないのやろう」「なんで忘れたのやろ。おかしいな。信じられない」という自己反省を繰り返す毎日である。自己反省とは違うかもしれない。解らなくなってしまった自分に戸惑っているというのが実情であろう。自分で外した補聴器をどこに仕舞ったか、どこで外したかも理解できない。「補聴器ってどんなのやった?」。芯から疲れる毎日だ。これから時と共に時間というか月日、年数が私たちの精神を削っていくのだろうか。

人の病を書いていても、私には何もできない。いつ自分の身に降りかかってくるかさえわからないのが病魔というものなのだろう。ただ、そんな場合でも、気持ちを彼に、または身近な人に寄り添って激励をすることぐらいは惜しまないようにしたい。

だがその余裕が持ち続けられるのだろうか。「自分のことで精いっぱい」とよく言うが、その中に自分を閉じ込めない気持ちの余韻を持ち続けるにはどうしたらよいのだろうか。

（２０２２年２月６日）

体力の衰え

振り返って私自身の老齢をみてみると、いつ何が体を蝕むかわからない現実に気持ちが沈んで息苦しいときもある。これは、人間の逃れることが出来ない宿命なのだが。

私はスポーツ・ジムに行っているが最近では運動での粘りというか、速度の衰えを感じるようになった。歩行の速度が半年前までは時速５・５キロメートルで３キロ歩行の時間が33分だったが、今では、時速５キロメートルで３キロ歩くのに要する時間は36分である。それさえ２回位の給水と呼吸を整える時間が必要だ。

ジムに行きだしたのは２００２年３月だから20年になる。この一年ほどの間、週に３回のペースが良いところだった。月に12回行くことはまれで10回が平均的であった。以前は15回位行っていたが、妻が認知症になり、つい最近までは週に３回のデイサービスに行っている日しか私の時間の自由が効かないようになった。今年に入ってから月火木土の4日デイサービスに行くようになり、私のジム通いにも少しゆとりができるようになった。

ジムでは、初めに全身のストレッチを行う。床の上で腹筋、体側・背筋などの体幹筋肉運動を行う。これだけで約半分の時間をつぶす。この後、10種類ほどの器械で軽い筋肉運動をして、スクワットなどの下半身の強化を心掛けている。最後に有酸素運動のベルト歩行をするのだが、最近は坐骨神経痛のために自転車での有酸素運動を30分くらいの目安にしたり、ベルトで歩いたり気ままなものだ。

最後にベルト・バイブレーターで腰をマッサージする日課で、2時間半から長くて3時間。その後は風呂に入って帰宅する。

その運動も、ベルト歩行は疲れるようになった。普段あまり歩くことが少ないせいだろう。その間、人と話すことはない。特にコロナ禍のジムだけに神経を使っている。すべての運動には消毒液を含んだペーパータオルを持ち歩き、体が触れた機械を必ずふき取ることを徹底することになっている。床マットも使用後は丹念に消毒する習慣が全員徹底するようになった。この生活様式は賛成である。コロナが収束しても取り入れていくことが大切だと思う。汗をした後のマットや機械に触れた場所をふき取って他の人に明け渡す習慣は継続したほうが良いと思う。

ジムで大切なことは、他人との比較や無理な挑戦ではなく、自分に見合った落とし処を知って継続することであり、とりわけ85歳にもなって、挑戦を意識して過度の運動をすれば必ず自分を痛めて跳ね返りが待っている。何度も経験していることだが、体のどこかを痛めて自分を苦しめてきた。

だが、継続できるジムの運動は血流と心臓の強化にとって大事だと思う。私には長い持病があり、10年ほど前に心臓弁の修復手術をしており、その後も心房細動という不整脈を抱えている。それほど重篤ではないが、血栓防止の抗血液凝固薬を手放せない。血栓ができて脳に飛んだ時に脳梗塞を引き起こす危険因子を持っているからだと言われている。ストレッチは血管を柔軟にするうえで欠かせない運動である。

ジムは体力維持にとって良いことだと思って続けている。体力の衰えと連れ合って出来ることをすればよいと思っている。特に最近では腰痛が一段と強くなっている。腰・大腰筋・腸骨筋のストレッチの大切さをインストラクターの若い女性から教えてもらっている。しかし、こうした生活の一端を記録しておくのも、何年か後に振り返れば前進しているか後退しているかわかると思う。体力の衰退・持続・強化のレベル変化を知ることが出来る。仙骨枕を使った腰部の骨の関節を緩める運動というか、ストレッチも取り入れ始めた。

（2022年2月26日）

安倍元首相が凶弾に倒れた

安倍元首相が奈良市内で選挙運動中に、私製の拳銃で撃たれて死亡したのは参議院選挙投票日前の7月8日であった。

感情はひとまず置いて冷静に事態を見ながら、日本の未来について真剣に考えることが求められている。

つまり、安倍氏は、どんな政治家であったのか。それは、これからの日本にとってどういう功績を残していったのか。私もようやくその視点で考えることが出来るようになった。その意味では、最近の幾つかの言論が教えてくれている。それを書きとどめて一つの日本観・政治家の思想と戦略論について整理していきたい。

◆7月28日の産経新聞に掲載されている、阿比留瑠比氏の「極言御免」が適格であると思う。

アメリカの歴史学者のエドワード・ルトワック氏の言葉を紹介している。

「私は世界各国の首脳やトップに対して定期的にアドバイスを行なっており、実に光栄なことだと思っているが、安倍晋三というリーダーはそうした世界のリーダーたちとは違っていた。

更に別ランクの人間であると本心から思った。何がその差を生んでいるのかと言えば彼には『深み』がある」

さらにルトワック氏は15日の産経新聞でも次のコメントを寄せている。

「安倍氏は戦略を学問として研究したことはないが、戦略を本能的に理解し、生まれつき戦略的な思考を身に着けていた」

安倍政権時代にエドワード・ルトワック氏の会談に同席した外務省幹部が「安倍氏をどう見たか」と尋ねると、ルトワック氏は次のように答えたという。

「私は安倍氏といろんな話をした。中国の習近平国家主席についてもインドのモディ首相についてもレクチャーしたが、安倍氏は全部わかっていた。安倍氏に教えることは何もない」

外務省幹部が生まれつきの戦略家と言えば他に誰がいるか、と尋ねるとルトワック氏は少し考えて「英国のチャーチル元首相がいる」。幹部は驚くとともに納得したという。

安倍首相には、チャーチルの言葉を用いて話した有名なスピーチがある。私も感銘を受けてノートに書き残している。

平成19年の防衛大学卒業式での訓示である。

卒業生に対して「思索し、決断する幹部であれ」と語り、チャーチルの回顧録「第二次世界大戦」から次の部分を引用している。

「慎重と自制を説く忠言が、いかに致命的危険の主因となりうるか、また、安全と平穏の生活を求めて採用される中道は、いかに災害の中心点へ結びつくか」と指摘し「特に申し上げたいのは、諸君が将来直面するであろう危機に臨んでは、右と左とを足して2で割るような結論がこうした状況に真に適合したものとはならないということです」と発言している。

阿比留氏も最後に指摘している。

自民党内でも足して2で割るような議論が出始めていることに警笛を鳴らす。自民党に限らず野党の「平和主義」を標榜する政党の人たちにも同じような思考がある。防衛費の国民総生産（GDP）2%をめぐって、早速出ている論調の「防衛費の2%支出と、社会保障の水準を下げてもよいのか」という緊縮派の発言である。

「つまりは、社会保障を人質にして本来の国づくりの根幹である防衛力強化と日本の運命をほかの問題と足して2で割るような言論のマジックに惑わされてはならない」と安倍氏が言っているのだ。

全く同感である。政治家の戦略思考について改めて確認していく必要がある。問題の本質をあいまいにしたまま、打開策を中和論的に発言する傾向が胎動することを警戒すべきだし、そのような仲良し論に陥らないことが大事だ。こうしたプラグマチズムの思考傾向が最近いろんなところで見られるようになった。一見わかりやすい、双方を比較するのには便利な思考方法だが、本来全く違う価値・次元の違う事柄を比較対象にすること自体危険でズルイやり方である。それは対比する双方の本質を見誤ってしまう危険性を常にはらんでいる。私たちの日常の中に、このような安易な思考方法が絶えず誘惑の口を開けていることに注意していきたいものだ。

（2022年7月29日）

力を尽くして生き抜こう

さて、今年はどんなところに意識して気持ちの高揚を活かしていけるのだろうか、何か、特別に決めてかかるまでもない。日々これ寿命の息遣いである。人にはその人の特別な寿命があるようだ。麻木久仁子著「おひとりさま薬膳」。その中に次の言葉がある。恐らく漢方・薬膳の教えなのだろう。

先天の精――その人が持って生まれた寿命（つまりその人のさだめだ）
　これは誰にも分からないし、逆らうことも出来ない運命
後天の精――生きる中で、その人の想いや決意によって養生の仕方があり、その力によって得た寿命。その人の心がけや習慣による寿命
　その後天の精に含まれるのは、運動や食事、生活習慣の中でも精神的な営みなどがある。そして持病や孤独に対する心構えや生活環境などもあるだろう。

こうしてみると案外と複雑で多岐にわたっている。しかし、運動や食事も含めて自分の生活を律する心構えが生きていく推進力になると思えばよいのだろう。意識して出来ることは、後天の精に係わる日々の工夫。惰性に引きこまれないように、少しばかり意欲的に彩を加えていく生活の仕方ということではないか。良いヒントを頂いた。
老齢とはいえ残りの寿命を考えるヒントは、やはり、藤沢周平の「三国屋清左衛門

残日録」436ページの次の言葉をもう一度思い出す。ちなみに言うと私のこのエッセイ集の題名はこの小説から得たもので「残日録」といい、昨年の1月からときに触れて書いている。

「衰えて死がおとずれるそのときは、己をそれまで生かしめたすべてのものに感謝を捧げて生を終えればよい。しかし、いよいよ死ぬるその時までは、人間はあたえられた命をいとおしみ、力を尽くして生き抜かねばならぬ」

理屈はいらない。生き抜くことである。生き抜くためには食事を楽しみ、身体を動かすことを楽しみ、美しい花や自然、そして心のときめきと色香へのあこがれというような広い精神的な営みを求め、悲壮感だけの苦行に身を沈めない余裕のある寿命を生き抜くことだ。とはいえ、この時勢の中で、隠居後の清左衛門のようにはいかないことも多いのだが。

もう一つ、私の読書歴の中で決して忘れられない言葉がある。それは沖方丁《ウブカタチョウ》氏の「光圀伝」という小説である。

水戸光圀の護役・伊藤玄蕃が病を得て危篤となった。光圀の見舞いを受けて床に伏しながら玄蕃が言う。

「これにて今生のお別れにございます。死は恐れずとも、生を放り出すには忍びず、せいぜい養生して、達者に冥土へたどり着きましょうぞ」

玄蕃はそれから半月ほどで世を去った……。

病気だからと言って自棄になって前途を見失うことではなく、死に急ぐこともなく、死を意識しすぎて萎縮して余生を自暴自棄に投げやりに繋いでいくということもなく、往生するその時まで「せいぜい養生をして達者に」死を迎えたいものである。

養生とはどういうことなのか、この小説で端的に教えられた。これを読んだのは私が80歳を迎える少し前のことであった。養生とは一言でいえば「生命を養う」、つまり死ぬまで生命を養う覚悟をもてということではないか。日々命の養分を体に取り入れ、心とからだの細胞を新陳代謝して養っていくということだと理解している。体だけでなく精神の持ち方を日々養うことも諦めない生き方を教えているように思っている。そうでないと「達者に冥土にたどり着く」などとは言えないだろう。


2023年の年明けに思うのだ。

老妻の認知症への介護、これには手を抜きようがないのだから、天を怨まず、人を怨まず。他人と比較して自分の境遇を嘆いて自分が不幸せ者と、ひがまずに尽くしていく以外にない。これが天命なのだと肯定しよう。

後は、自分の精神的に老けない生き方を楽しもう。「歳だから……」と消極的にならず精神的な活力を旺盛に体の内側から湧き上がるような生活を大切にしよう。

できれば気にかかる女性の体温を全身で感じられる機会があれば、精神的活力を一層高めることが出来るというものだ。考えてみれば、これは、男も女も同じ活力の源泉・欲情というものではないだろうか。

老けてしまうこと、さらに身の回りの日常に鈍感になることは寿命への執着をなくすことに等しい。孤独を惨めに考えるな。孤独は、他人に邪魔されないで自分のしたいことに集中できる。老齢期の贅沢な生活スタイルを発見していきたい。冲方と藤沢周平の書く人生観・死生観は共通している。

毎日の暮らしの中で私はかなり気を付けて取り入れているのは、季節の服装で「なんでも羽織って」という無関心に陥りやすい気持ちに逆らって、あるものの中から昨日とは違った服装の組み合わせに少し、神経を注ぐ気配りの気持ちを意識するようにしている。歩くときは腰から背中への筋肉を意識するとスーッと背中が伸びることをちょっとだけ意識している。

これに重なるように中国の中医学の知恵を使った薬膳の考え方は、【後天の精】として活かすことがこれからのヒントになると思う。

食べる時は、美味しく食べられるよう調理を工夫し、季節の食材にもっと注目しよう。3年前から味噌汁に興味を覚えて何かと工夫して楽しむようにしている。味噌の効用は面白い。なにしろ日本特有の発酵食品なのだから。

今年は、季節の薬膳食材を美味しく頂くレシピを勉強していきたい。季節ごとに野菜やお肉、お魚、そして様々な調味料を自作して楽しみたい。食材に新しい命を吹き込む調味料を作って食事を演出し楽しむことに挑戦してみたい。とはいえ、何もレストランの調理をまねようとは思わない。

2年前から自作の麹みそを作っているのだが、昨年の秋に10キロも作った。今食べているのは一昨年秋に仕込んだものである。梅干しづくりは5年以上になるだろうか。この2年ほどは女房の助けは受けられないので自分一人で作っているが味は上出来である。

読書…やはり第一は洋の東西を問わず小説の世界。昨年は塩野七生さんのイタリアの歴史小説というか中世の歴史にまつわる本を約10冊、そして藤沢周平の小説に没頭した。まだ、未読の小説がある。

ジムは月に10~15回、有酸素運動を30分程度。下半身の筋肉強化で足腰を強化しながら、ストレッチで筋肉と筋を伸ばして、血管の柔軟性を意識する。もう20年も続けているのだからこれからも無理せずに続けたい。

２０２３年はまだまだ齢には負けない気迫をもう一段上を目指して培養していく決意だ。朽ちるまで。

人様には迷惑をかけないように、偽りのない誠実さを根底にして自分に出来ることをコツコツと取り組んでいくことが生きるということだと信じていく以外にない。そして、いろどりを加えて少しでも想像力を働かせる生活を営めればよい。

（２０２３年１月１日）

妻の認知症を冷静に記録できるか

１月７日、夜10時から１時間、ＮＨＫスペシャル【脳科学者の私と認知症の母・介護記録】を見て早速主人公である恩蔵博士の本を購入して読んだ。

女房殿の症状を可能な限り客観的に拾っていき、脳科学者の知見を参考に、その特徴と私の対応の仕方について理解が深まればよいのだが。そんな思いで読み始めた。

「やれることは何か。やってはならないことは何か」を考えたいと思った。

1月17日、夜明け前の4時過ぎのことであった。トイレに起きたかと思ったら、私が使っている部屋に行き電気をつけて何やらメモしている。暫くして寝室に戻ってきたので何していたのかと聞いてみると「ちょっと思い出したことを書いていた」と言う。よくあることなので深く追求しなかったが4時過ぎと言えば、布団に入って寝てから6時間くらいは過ぎているので、睡眠の浅い、深いかを別にすれば、起きても全く問題はない。「思い出したことをメモしていた」ということは特別珍しいことではなく日常のことであるので、その場はそれで済んだ。朝、食事の準備をして彼女がデイサービスに行くための支度を手伝っていて、机の上にあるメモを見たら、特に思い出した要件ではなく、いつもと同じようなことだった。

「いま朝5時。昨日は何をしていたのか思い出さない。おかしい。おかしい……」

というメモである。文字を書くのが好きだ。ただ、その文字がだんだんと読みづらい文字になっている。以前は十分に判読できる丁寧な文字だったが、今では、ひらがな文字も、ミミズのような崩しになっている。自分のしていることが自分で分からなくなっている。自分へのいら立ちが強く出てきているのだろうか。

デイサービスに行ったとき、ブラジャーの上に下着をつけないで行ったようで、お風呂上がりに係の人が施設の下着を貸し出して着せてくれていた。親切なことで感服している。ただ本人は全く気付いていないというか、記憶から飛んでいる。お借りした下着に施設の名前が書いてあったのを見せて初めて、「エエー」と驚いている。

記憶が飛んでしまう状況に本人もびっくりしているがそれも、その時点が過ぎると忘れてしまう。そのような日常である。

可能な限り、その時々の状況を冷静に見ていくしかない。感情的にイラつくことが多いが、そのイラつきが通じるわけではないのだ。そこで切れてしまうとただ感情的な反発しか残らない。そうしたことを学んでいく以外には出口が見つからないのだろう、と思うようになった。

★自分が何もできないことを嘆く。
★なんでみんな忘れてしまうの？　こんな私はいったいどうなるの？
★まれに見られることだが一時的に正常に自分を客観視することがある。そんな時は自分がこれからどうなっていくのか、不安と絶望で泣き崩れることがある。
★友達に、こんな惨めな自分を見せるのはイヤ・どこかに行きたい。

毎日のように繰り返される問いかけ。それは子供たちのことだ。「なんで家に帰ってこないの？　いつ結婚した？　私、結婚式にいったか？」「黙って出ていった！　どうして私に言ってくれなかったか！」。毎日がこうした繰り返しの連続である。

海辺で一人黙って石を積む。その作業の最中に波が押し寄せてきて積み上がっていく。また石を積む。また波が来てその積み上げた石を無残に崩していく。誰も助けてはくれない。自分の中で格闘しながら、静かに言う。「何度も言っているよ!!」

長男の息子については「東京で所帯を持っていること」を何度も丁寧に話している。「正月に帰ってきたとき、夫婦でお前に温かく着られるようにと服や靴を買ってくれたやろう？」「ほら、写真に写っているよ」と言ってスマホに収めた写真を何点か見せた。息子夫婦が大阪に来た時に買ってくれた服などをその日のうちに着せて写真に撮って喜んでいるところを何枚も見せている。

「ちゃんとそこに映っているのがその時の写真」

と言って聞かせる。

写真を見て気持ちが落ち着くようだ。こうしたことの連続である。

…何度も何度も繰り返す。そのたびに自分の命が削られていくような疲労が爆発する。もう堪忍してほしい、と叫びたくなるのを堪えて黙りこむ。せめてスポーツ・ジムで1時間ほど無心に歩き、下半身や腹筋などの運動とストレッチでスイッチを切り替えている後は食事の在り方について楽しく勉強して夫婦で食べるように、毎食の献立を面倒がらず、大切な生活の営みとして向き合って作っていきたい。

（２０２３年1月8日）

老いはどう見られているか

シニアの川柳というSNSの動画がジムの知人から送られてきた。あまり気持ちが良いものではない川柳が16首ほどある（その中から抜粋）。例えば次のような川柳である。

★老いるとは　増える薬と　減る記憶
★徘徊も　タスキかければ　パトロール
★マイナンバー　なんまいだーと　聞き違い
★年賀状　出さずにいたら　死亡説

★人生に　迷いはないが　道迷う
★お互いに　ボケとボケが　気が付かず
この他に10首ほどある。

私に送ってくれた知人に思わず即興で返歌した。反抗心がむらむらと来たのである。
◆老いるとて　人生七色　いまだ豊かなり
冗談じゃない。老いる人生も良悪合わせた過去を蓄積して今日に繋がっている。嘲笑的に老いていく人生の姿として謡われるのは惨めである。

老齢という現実をどのように考え胸の中に畳み込んでいくのか。人それぞれとはいえもっと明るく見たいと思うのだが世の中の皆さん、いかがでしょうか。

このような嘲笑的な表現がお笑いの対象になったきっかけは何だろうか。漫談家の綾野小路さんのお笑いを誘う年配者への巧みな言葉がすぐに思い出された。しかし、綾野小路さんの漫談には嘲笑ではなく共有と同志愛がある。少なくとも自分を見つめさせてくれる契機と激励の応援歌がにじみ出ている。人生70を超えてからは楽しく生きてと言う激励の愛がある。

認知症は病気なのだ。川柳にして嘲笑を広める対象にしてはならない。さらに言えば、老いていくことは自然の摂理あり、避けがたいものである以上、嘲笑の対象にしてはならない。また、そのようなものを不用意に拡散してはならない。これは人生への冒涜だと思うのは言い過ぎだろうか。単なる遊びだと言えばその通りだが、遊びの対象にしてよいものと、してはいけないものの区別は必要である。

その区別する理性があってこそ年輪の値打ちというものでは無いのか。

令和5年2月6日、和田秀樹（認知症専門医・精神科医）の「ぼけの壁」という本を読んだ。

その本は、私の女房の認知症とそれに対する私の介護姿勢、その心得について大変参考になった。

認知症は病気なのだ。患者への接し方として私自身が明確な姿勢とその方法を学んでいくことが大切だと教えられた。とはいえ、学んだことがそのように復習としてできれば仏様にもなれようがそうはいかない。それでも新しい知識は絶対に必要だと強がりを持ち続けるのだ。

（２０２３年１月30日）

投げ出さず、齢のせいにしない

外山滋比古《トヤマシゲヒコ》著「知的な老い方」を読んだ。

知的な老い方、生き甲斐の作り方、人生を終えるまで生をいたわって高めていく生き方を解いてくれている。

このテーマは何度も書いてきたが、心に響いた言葉に接するとやはり書きたくなる。それでもいいのではないか。つい自分の齢に負けて「もういいか」と思うことが、気持ちの老化に誘い込まれてしまうきっかけになる誘惑みたいなものだ。

生き方の見つけ方、作り方は人それぞれ。すべて自分流である。他人の成功体験をうらやむことはできても、まねはできないし、同じようなことすらできない。人は生まれながら人それぞれの生き方をしてきたわけだから、その個性とでもいうべき特性を生かして、前を向いて生きていくしかない。

しかし、謙虚に学ぶことに心を閉ざしてはならない。

※浜までは　海女も蓑着る　時雨かな　（瓢水＝一六八四‐一七六二年 七九歳没）
海女はいずれ海に入る人だ、時雨時でどうせ濡れるのだから蓑を着ていくこともなかろう。

しかし、海女はたしなみよく蓑をきて凛として時雨の中を海に向かっていると言う姿は何と美しく、その身だしなみに心が動かされる。


この句を詠んで外山氏に引き込まれながら作者の瓢水について調べてみた。とはいえ外山氏以上のことを調べることはできない。しかし、瓢水という名前や生き方から「どうせ……」というあきらめの想いに逃げない、シャンとした生き方に共鳴した。

作者の瓢水は海女の凛とした行為を借りて、語りたかった真の意味はもっと世界が広い。

それはこの句が生まれた当時のエピソードをみると見えてくる。人間は老いていても、どうせ齢だから、「今さら」と投げ出さず、命が閉じるまでは精進して少しでも前に進もう、恥ずかしくないようにしよう、死は避けられないが、そこに行くまではせいぜい真っ当に生きていきたい、という生きる源泉を見せつけてくれる。「まあいいか」「今さら…」という負の誘いの気持ちに負けないためには何が大切なのだろうか。

人生の目標などとは言わない。ただ何かやり続けていく課題というか気持ちを傾けて行けるものを持ち続けることが無いと負の誘惑に飲み込まれてしまうのだと思う。それは、大きなテーマでなくてもよいのではないか。日常生活の中でのテーマでよい。その一つに対して真摯にひたすら真面目に取り組む生活の仕方が人生を生きていく力となって跳ね返ってくるのではないか。生活上の習慣がその人の体力や体質を形成するように。その営みを記録していくことが自分にとって必要なことのように思うのだ。

★メモ　滝瓢水という俳人のこと　参考までに

瓢水は放蕩息子という意外な一面でも有名で、家の財産を食い潰した異色の俳人としても知られている。

そんな瓢水は芭蕉の生き方を慕い諸国を歩いて俳句の道に生きようとするのだが、芭蕉と決定的に違う点があった。金がいくらでもあったのだ。

家業の船問屋が稼いだ金を仕送りしてもらい、瓢水は結局、京都や大坂で豪遊の限りを尽くしていたという。

……憧れの芭蕉先生の生き方はどうなったんだろう。

そんな暮らしぶりであったものだからやがて実家の船問屋は傾き、母親が亡くなった際には死に目にも会えず、どうしようもないドラ息子っぷりを発揮する瓢水。ただそれでも俳句だけは輝いていた。

そんな瓢水の「浜までは海女も蓑着る時雨かな」という一句が誕生した逸話が紹介されている。

瓢水の詠む句は味わい深い上に人生哲学とでも呼ぶべき事柄を主題にしているものも多く、ある時一人の旅の僧がそのような評判を耳にして瓢水を訪ねたことがあった。

僧は瓢水に会うと、その見識について問おうとしたのだが、あいにく瓢水は風邪を引いており、

「今からちょっと風邪の薬を買ってくるから、ちょっと待っててもらえないか」と家人に伝えて外出していった。

これを聞いた旅の僧は、「風邪くらいで薬を求めるなど、何を弱気なことを言っているのだ。人の生き方を説く素晴らしい見識の持ち主だと聞いて来たのに、とんだ嘘であった。そんなに命が惜しいのか、情けない」と、腹を立てて瓢水の帰りを待つことなく去ってしまった、と言い伝えられている。

瓢水が風邪薬を買って帰ってくると、待てと言ったはずの僧はもういない。

はて？　どうしたのかと思っていると、傍にいた人が事の一部始終を教えてくれた。

なるほど、怒って帰ってしまったのか。

それならば……と、瓢水は一句紙にしたためて、送ったのが
　浜までは　海女も蓑着る　時雨かな
であった。

この一句を見て後に、「なるほど瓢水の評判が本物であった」ことを知った。と伝えられている。

その他にも後世に残した有名な句がある。

加古川市の船問屋に生まれ、若くから俳諧を志し、播磨地方の雑俳の点（審査）も行っていた。

俳諧に没頭し家業を怠り、蔵を売ったとき、

「蔵売って　日あたりの善き　牡丹かな」と句を詠む。

一方、亡き母の墓前で、孝行できなかったことを悔いて
「さればとて　石に布団も　着せられず」

と句を詠むなど、瓢水の句は、洒脱なだけでなく、人間味があふれていて、現在で

も多くの人々に親しまれている。

宝暦一二年五月一七日（一七六二年）、七九歳のとき大阪の旅先で没した。（生まれた月日は不明）

墓所は大阪市天王寺区生玉2丁目の持明院（生國魂神社東）にあるという。

生涯、歌に没頭し尽くして生きた瓢水の生き方は客観視してみるとすさまじい生きざまだと思うが、さて、本人はどう思ってその人生を日々生きていたのだろうか。それが自分の定めだとひたむきに生きたのだろうか、または、他の生き方に想いを寄せながら、その道には踏み出せなかった悲しみはなかったのだろうか。

（2023年2月10日）

どぶ池に体ごと埋められる…

このところ毎日のことだが、朝と言わず夜と言わず繰り返し言われるのは子供たちのことである。もう50代後期に至っている二人の息子たちへの想いはいまだに、子供のころのままの姿なのであろうか。

「どこに行ったのか」「なんで家にいないのか」という質問である。何回こたえてもそれで理解できるということにはならない。それが認知症の症状だと自分に言い聞かせてはいるものの、息苦しくなり、感情が乱れてくる。

二人の写真を見せてくれと言うからいつでも見られるところに整理してある袋を渡すと誰が嫁さんなのかと言う。いろんなものを買ってもらい、何度も会ったことがある人を見て、「いつ結婚したのか。私は聞いていない。あんた知っていたのか」と言う。自分も結婚式に行って一緒に撮った記念写真を見せても、「知らないうちに私を連れていった。私知らん。私をのけ者にしている」とごねて不貞腐れて私をなじる。結婚式に行って一緒に写真に写っているのに……。

この一言で私の感情はずたずたに引き裂かれてしまう。胸が高鳴り、不整脈がますます乱れて呼吸さえ苦しくなって身体が熱くなってくる。こうなると私の感情はやみくもに狂暴になるのだ、こうして書きとどめることさえ出来ないほどだ。だけど私の言動をありのまま、書かなければならない。

本当に暴力の手を出してしまいたいという衝動に駆られる。いきなり寝床に行ったところに飛び込んで首を締めあげようとしたのだ。「ギャーッ」と大きな響き声で抵抗したから一層狂暴になってしまう。

　あまりにも大きな声で泣き叫ぶので、隣の家に聞こえてはまずいと思い、少しは気持ちを落ち着けたが、もう許せない。一緒に暮らすことは限界に達しているように思う。施設に入れることを真剣に考える時だ。

　このことを息子たちに言ってよいものかどうか。言って彼らの助言が役立つとも思えない。むしろ困惑するだけだろう。彼らにはどのようなことも出来ないのは初めからわかっている。彼らに求めること自体間違いであるのだから。しかし、実情だけは知らすことにするしかない。彼らの気持ちをおもんばかって黙っていることは出来ないようだ。もう限界という心境が自分の体を硬直させるのだ。

　相手は認知症患者だ、と言えばその通りだが、その認知症患者の発するしっぺ返しが、私と女房の間で誰にも理解出来ないであろう心の泥沼に突き落としているのだ。もう一緒にいることは限界である。

　明日の朝になればケロッとして起きてくるだろう。それが認知症なのだから。時間が過ぎれば、私、そんなことはと言っていない。と断言する。「忘れた」と言えばまだ私の気持ちも一時緩むのだが、忘れたというのではなく、私は言っていないと強く断言する。私を全否定する言葉に心が掻きむしられる苦しさと動機の高鳴りを覚えるのだ。会話が成立しない。人間が壊れてしまったとしかいいようがない。

だが私はそれを簡単に容認できないくらい傷は深い。その場では、やり過ごして平穏を装っても深い傷はハラワタにどす黒く沈殿しているに違いない。それがまた、何時爆発するか、自分でもわからない。もう会話が成立しないのだ。人間が壊れてしまったとしかいいようがない。

一夜明けた。日曜日の天気はすがすがしい。太陽がもう東のはるか上に来ていた。昨夜の雨もない。そして、昨夜の殺気も感情のほつれも静まり返っている。いつものように朝ごはんをつくり、味噌汁に鮭の塩焼きと昨日作っておいたきんぴらを出して二人が黙っていつもと変わらない朝ごはんを共にした。

女房は、まったく昨夜の「ギャー」と悲鳴を上げた修羅のことも忘れている。何があったのか忘れた、というのではなく「知らない」のだ。知らないということは「記憶にはない、というだけではなく、そんなことは何もなかったよ」ということである。

それが認知症という病気の姿なのだろうか。人格が壊れた人間の悲哀、底なしの悲劇性はそのようなものなのだろうか。

この文章も一時に書き進めるような精神的のゆとりがないので、毎日の書き足しになるのはどうしようもない。

些細な日常生活の一コマ、ひとコマでそのような心のひずみが出てくる。人は思うに違いない。

「仕方がないことではないか」、「それくらい我慢したらどうですか」……という。しかし、私にはもう限界という思いだ、悲鳴を上げて詰めよってきたことは意識の片隅にもない。そして、同じことを繰り返す毎日なのだ。

そのたびに私の心拍数は急に乱れ、つむじ風のように精神が狂ってくるのだ。そしてさらに言う。

「いつから私たちここにいるの？」、「私とあんたはどんな関係？」、「私はどうしておかしくなったの？」

これが日常生活なのだ。「それ位我慢したら…」という声はもはや助言ではない。他人のことでしかないということなら、おせっかいはしないでほしい。これは息子たちの家族にも言える心境だ。

施設に預ける以外ないようだが、それを本人に伝えて納得させられるだけの冷静な言葉選びが出来ない。最大の悩み事である。

結婚して60年を超える。彼女は今年で86歳になる。

胸の大きな豊かな若い30代の姿を思い出す。小柄だがみずみずしい肌艶をした20代のころを想うと切ない。彼女をこのような姿にした責任が私にあるのだろうか。私が彼女の人間性を壊してしまったのだろうか。少なくともその一端は間違いなく私たち夫婦の暮らしの中で私が生み出した何かが原因なのだろう、自分を責めてみても今更どうにもならないのだが、やはり、これ以上人間破壊を進行させてはならないのだと心に言い聞かせて自分を落ち着かせるようにしていきたい。（２０２３年4月15日）

毎日が精神の格闘技

今日、ケアマネージャさんが来てくれた。毎月の月末近い時期に来て、必要書類を確認、翌月の通所介護計画書を共有するためだ。

現在、要介護1のレベルで、週に5回のデイサービスが介護保険の限度であるために水曜日は休んでいる。本人は「なんで今日は家にいるの？　おかしい。何かあるのになんで家にいるのか」という状況で、このままではかえって本人の健康上良くないので週に6回、つまり日曜日以外はデイサービス通所にしてもらうために要介護の認定を見直してもらう申請を出すことにした。その書類の作成について相談している。今すぐに養護施設に入れるには、まだ抵抗が強いので、短期ショートステイへの活用の準備に入ることにしている。そのことを相談した。

ところでケアマネージャさんの御主人も軽度の認知症だという。その日常の一端を聞いて、まったく同じ悩みに直面していることを話し合った。理論と理屈ではわかっていても、その現実のやり取りになると、イライラして、心が掻きむしられることは全く同じである。5分前のことを何度でも言っていると、口には出せないが怒り倒したい気持ちに駆られる、という話は全く共感できる心境だ。

そのイライラとの付き合いに負けてしまったら何をするかわからない感情の攪乱上状態をどこかで押しとどめる自分の精神の力が求められているのが実感できる。まさに精神の格闘技なのだ。

この事実に負けてはおれない。負ければ自分が精神的にズタズタに引き裂かれて病気になると同時に女房も攪乱してしまい、まさに悲劇の修羅を見ることになる。

負けないためには精神力の強靭化と耐え抜く柔軟さを養う以外にない。マネージャさんとそんな話をしていたのだ。

月曜日から土曜日までデイサービスに行ってくれれば本人も孤独から解放されるし、

私の気持ちも今までよりも正常な時間がもらえる。夜は大変だけども。
　5月から要介護の区分が2か、3になればそれなりにデイサービスの経費は高くつくことになる。恐らく3万5000円位になるのではないか。彼女の年金では賄えないので毎月の赤字を覚悟しないといけない。

　もう一つ変化が起こる。A病院の認知症専門医から処方された薬を、近隣の内科医院から処方箋を発行してもらい、近くの薬局で受け取っていたが、6月末で近隣の内科が閉鎖される。そのため、A病院で処方をお願いして薬局で出してもらうように変更の段取りをすることになる。
　次回の診察日は9月15日なのでそれまでの期間のうち4月末から6月末までと、9月のA病院診察日まで分を内科医院で出して頂くことになる。その後は病院の転院で新しく考える。

　女房は認知症以外では特に内科的な病気はない。86歳になっても病院に行って治療や薬の調合を受けたことは極めて少ない。通常なら足腰が痛いとか、内臓的な疾患をもって苦しんでいる年代なのだが、この10年くらいを見るとそのような記憶はない。

強いて言えば血圧が少し高く内科医院で朝と夜の食後に血圧降下剤を処方されているに過ぎない。

変な言い方だが、それらのいわば不合理ともいえることが認知症という一点に襲い掛かっているのだろう。

だから、内科医院が閉院となると通常の病気での転医という必要性は今のところ見当たらない。

内科医院からの転院についてあまり考えていなかったので戸惑いが先に立つ。今後何が起きるかわからないことでもあり、掛かり付け医を持っていることは重要かもしれない。その場合は当面血圧が高いことを申告して転院先に紹介状を書いてもらうことは必要になる。その転院先を決める作業を急ぐ必要があるのだ。

最近の女房の症状は物忘れから、幻覚ということにまで進んでいる。今、住んでいる家が他所の家に見えるらしくて「いつになったら帰るの？」という。私と結婚しているのかという。「なんであんたと一緒にいるのよ？」

一瞬の幻覚症状があらわれている。これはA病院の先生にも報告して転院先を家からも近いH病院・認知症疾病センターの専門医の先生に依頼することにした。

（2023年4月26日）

老齢の果てに迎える終末

女性の友人のお母さんはもう何年も前から養護老人ホームで暮らしていて今年の春に百歳を迎えてその長寿に注目していたが、さすがに今、老衰で生死の境にある。聞くところによると流動物も食べられなくなって今は、点滴で命の灯を弱々しくともしている。

恐らくあと数日が持ちこたえられるかどうかの瀬戸際だという。

個室にいるのだが、最近は毎日面会に行っている。その有様を聞いていると人間の命の底力に驚愕するというより、生きているという尊さのエネルギーの強さに胸が打たれる。人はその人の運命が尽きるまで懸命に生きていく強靭さがあるのだと改めて生命の神秘性に胸が打たれる。

半月ほど前までは、ベッドから身体を半分ほど起こしてもらって、にっこりと笑ったり、頷いたりしていた人が、いまは、瞼を開けることもなく、食事もスプーンで流動物さえゴクリと飲み込むこともないそうだ。医師からは延命治療の限界を宣告されており、友人は他の親族とも話して延命治療の打ち切りに同意して母親の命の定めにすべてを委ねた。ベッドで見ているだけでも辛いという。

「もう楽にしてあげたい。よく頑張って百歳まで生きてくれた」その思いだけで涙が出るのをこらえきれず、そっと顔を両手で摩ってベッドを離れたという。意識はすでに混濁しているのではないか。もう数日の灯だろうが、最期まで面会に行くと言っている。

それほどの長寿まで生き抜いてきた人の最期を見送る彼女の御苦労にしんみりとした感動が私の中で揺れた。

百歳まで生きて、食べることも出来ず、話すことも出来ず、気持ちを伝えることも出来ず、最期の命の灯が消えようとしている時の人間の姿を今まで想像したことはない。その人の精神の営みはわからない。聞き出すこともできない。それが送る人の悲しみなのだと思う。

私の母は83歳で同じように老衰で亡くなったが、その死の枕元での出来事は少し他の人とは違っていた。

そのときの様子は、6年前に書いた「80年に至る軌跡」（自主出版）に書いたが少し引用する。

「……母は布団に寝ていたが意識ははっきりしていたように思う。臨終が近いことを意識していた私たち兄弟は別室で慌ただしく動いて「その時」のための準備をしていた。

暫くしてお寺参りの親友のお婆ちゃんを名指しして「枕元に呼んでくれ」と言ったのだ。

直ぐにお迎えに行って事情を話して来てもらった。

そのとき母は「誰も入るな」といって30分ほど話し込んでいた。二人だけで南無阿弥陀仏を唱えていたようだ。

暫くするとお婆ちゃんは私たちの前に座って「これで仏様のところに安心していける」と言って帰られた。

私たちは枕元に行くと母は「静かに眠らせてくれ」と消えそうな声で言って暫く寝息を立てていたが間もなく眠るように旅立って行った。

母は親鸞聖人の浄土真宗の信者であった。……」そう、母は仏様とともに生きた人であった。

人の死はさまざまである。しかし、どんな最期であれ、あの世への旅だちは静かなのではないだろうか。その直前まで病魔で苦しんだ人も、仏様にすがって安楽浄土を願う人も、自分の命の限り生きぬいてやがて〝こと〟切れて旅立つ人も、複雑な怨念を抱きながら苦しみ抜いて終わる人も、すべて静寂に暗闇の中に意識を閉じて沈んでいくのではないだろうか。やがて私もまた同じであるのだろう。

だから、最期を見送った後の生きている私たちは、先達たちの生き方から何を学んで何を子孫に言い伝えていくか、どんな生き方を残していくか、その厳粛な思いを確認することが何よりの供養であり、親の生命を引き継いでいくことではないかと思う。世を去るとき、意識は混濁していても本能的に残る身内に対して寂寞の心情と心の涙の一滴を残していくのではないだろうか。その決別の時の気持ちを厳粛に、偽りなく感謝して頭を垂れて離別できるような心構えを失いたくないものだと思う。

考えてみれば、多くの人は過去に身近な人の死を経験しているはずである。そのとき、どんな思いで見送ってきたのだろうか。記憶の中にはその当時の厳粛な切なさは薄れてしまっている。亡くなった人の7回忌、13回忌という営みは、生きている人たちに「親族の生きていた証を忘れるなよ」と教えている永遠のいとなみの習慣なのであろう。

友人のお母さんのご臨終を間近に、そのようなことを想って書いてきた。その私とて87歳の年である。自分にいつその時が訪れても狼狽えないようにしたいが、そうは行かないであろう。苦しんでもがき続けながらも、その内に生きている力が衰え、呼吸が浅くなって何も意識することが出来ない境地で生命の灯が消えていくのだと思う。それが人間の定めだと思えばよい。それ以外に最期を迎えるすべはないのだと……。

（２０２３年5月30日）

老妻の認知症に寄り添えるか

医学博士で認知症専門医でもある長谷川嘉哉氏の「ボケ日和」を読んだ。長谷川氏も家族に認知症の祖父がいて辛い生活の体験者である。

その本は、いわゆる認知症患者に対する対応策のハウツー的な助言に留まらないところに多くのことを教えられた。

認知症の前段階である認知機能障害（ＭＣＩ）の「ちょっと変な春」から、認知症の初期である「かなり不安な夏」へ、そして「困惑の秋」と言われる中期・中等度の特徴を家族にとって最もつらい時期であることを教えてくれるが、この本の最も感銘を受けたことの一つは、この時期が2年くらいで終わり、患者の終末期に移行して、やがて家族にとって最も辛い決断の冬の時期を迎え患者は静かに人生を閉じていくことを医師の視点で冷静に教えてくれる。

私は改めて、老妻が認知機能障害の時期から認知症初期、そして現在の「困惑の秋」に至っているまでを振り返って、いろんなメモを引っ張り出して整理してみることにした。

そして胸の内を曝け出してみると、この半年くらいから、毎日の食事の献立と調理、洗濯物の管理、補聴器の管理、身の回りについての気遣いに至るまで片時もおろそかには出来ない生活のサイクルで支配されていることに改めて驚いている。すべてが老妻の生活リズムが優先している。病人を抱えているのだからそれは当たり前の生活リズムだといえば、全くその通りである。

食事についていえば、それほど苦痛ではない。私自身食べることに関しては若い時期から関心が強く贅沢とは言わないが、ありきたりの惰性にはならないように気を付けてきた。料理についての強い関心が今の生活でも大いに役立っている。

しかし、最近特にひどくなっている幻覚や妄想が時にはヒステリックになり、その言動に対してイラつきながら、その都度対応しなければならない。まさに【困惑の秋】に精神的な疲労感が増してきている。もうしばらくはデイサービス中心の生活をつづけながら、認知症対応の介護施設についての準備だけはしておこうと思っている。長谷川嘉哉氏の「ボケ日和」が指摘しているように、今が一番つらい時期に入ってきたのだと思うのだ。この辛い時期を悲しみと苛立ちと混乱の感情に支配され続けて過ごすことはしないようにしよう。人生で二度とない貴重な困惑の時期を可能な限り冷静に、妻と共に生きて、記録していくことにすべきだ。長谷川氏の「ボケ日和」を読んでそのように思う。もっと心に余裕と温かい感情が宿る生活を目指していくにはどうしたら良いのだろうか。精神論では立ち行かない。

（2023年8月9日）

食中毒の大腸炎とコロナ

8月28〜9月10日頃までこの期間は最近にはないハードな辛い期間であった。そして我が家にとって大変な激動の期間であった。病気、そしてコロナ、さらには認知症患者としての施設・グループホームへの入所に至る期間であった。

8月15日に東京から長男夫婦が我が家を見舞いに来てくれた。認知症の老妻に、3着のシャツを買ってきてくれて女房はご機嫌であった。その日の午後、次男の新宅に初めて行った。その立派な佇まいの家の落ち着きを味わいながら、成し遂げて生活基盤を立派に確立していることに深い安堵と喜びを禁じえなかった。親である私が何もしてやれていない想いが気持ちを沈めていたのだが。

夜になって、次男家族のなじみの焼き鳥店で晩ご飯をごちそうしてくれた。美味しい鶏料理を食べたのだが、これが後日、大変な事態になった。15日から4日後の19日の夜になって、高熱が出始め、腹痛というよりいきなりの下痢に悩まされ、日曜日は高熱と足腰が立たなくなり、夥しい下痢の症状が全身の体力を奪った。21日の月曜日は、身動きも出来ず1日中寝ていたが22日、かかり付け医に飛び込んで直ちにS病院に紹介されて転院、感染性大腸炎で即時集中治療室に収容された。病原菌は「カンピロバクター」と言い、鶏肉などの生食によって発生するものであることが分かった。

その日から25日まで入院治療をして下痢と闘いながらの生活であった。しかし、ことはそれだけですまなかった。私のことだけで気軽に入院しておれない事態が片方で進んでいた。

女房殿も21日月曜日から通常通りデイサービスに行ったが、私が病院に行った22日、高熱と下痢症状でデイサービス施設では病院を探してくれて次男とも連絡を取りながら近郊の総合病院に行って検査を受けると、私と同じ大腸菌「カンピラバクター」によるものと判明。ところが入院が決まって治療が始まると大きな声で点滴を拒否し「家に帰る！」と怒鳴り出し、病院は入院を拒否して自宅に帰された。当然デイサービス施設では病人を収容できない。

次男が会社を休んで家で介護と病気の対応を余儀なくされる始末である。

逐一メールで情況を報告してくれているものの、私の高熱は下がり、下痢症状は数分単位で押し寄せ来る状態もようやくが落ち着いて自分で下痢に対応できるようになったのは25日だった。その日の午後、4日ぶりに退院して自宅に帰った。次男は家で看病してくれていたが、それ以上私の家に縛り付けることはできない彼の家族の問題もあり、帰ってもらった。

私の家族は、誰一人として状況が急変するとたちまち崩壊するような危機的状況になることを思い知らされた。

第一の課題は女房殿を介護施設に入れないと、私だけでなく近くにいる次男や東京にいる長男の家族にも大変な事態が襲ってくることを思い知らされた。長男は東京から仕事を割いてきてくれてケアマネージャさんとも相談して早急に対応することにした。グループホーム施設の候補を挙げて早急に見学に行く手はずを整えようということになった。そして、満室でも申し込んでおくことだ。

その準備が急速に進み始めた。ケアマネージャさんからもいくつかの入所候補を教えていただいた。

長男は母親あての手紙も作成してくれた。なんで母親に介護施設に行って生活してもらいたいのか、そのわけを感情こめて書いてくれた。入居が決まったら私から手渡すことにして準備を進めた。

後の作業は、次男夫婦と私の候補施設の見学で対象を絞り込み、最終的に選定して申し込む。しかし、待ち人が多いのでいつ頃入居できるかわからない。しかし、その一歩を慎重に始めるようにしたい。３か所くらいの施設を回って見学したがどこも定員いっぱいで入居できる状況ではなかった。

その後、長男が8月28日に出張先から一時帰宅してくれたのだが、その息子がコロナのウイルスを持っていたのだ。その１日後に私たち夫婦が感染。症状は29日、高熱

38・5度。9月1日陽性反応でその後、倦怠感と発熱、咳に悩まされてきた。女房殿も同じ様態が続いて、ようやく体温が平常値に戻ったのは9月7日になってから。待機期間を過ぎて女房殿は9月8日からデイサービスに行けるようになったが、私とて、大腸菌のための体力の衰え、そしてコロナのダメージで長く体を使っていないので体力が弱くなり、9月10日から少しずつ散歩などからスクワットへと体力補強に取り組み始めた。

8月中旬から9月中旬にかけて二人の環境は大腸炎と感染症に振り回される期間になった。

（2023年9月13日）

介護施設に入った老妻のこと

8月以来の慌ただしい時間を経て、幸いなことにケアマネージャの尽力で入居できる介護施設が見つかり、私が事前面会に行き、本人確認の後入居を承諾していただくことが出来た。8月以来、家族を巻き込んだ辛い時間がようやく終焉を迎える時が来た。

10月7日、介護施設「ニチイケアーセンター」のグループホーム「やすらぎ」に入所できた。

朝、施設の管理者が迎えに来てくれて、私が当分に入院するという口実でいったん納得させて連れて行ってもらった。

今日、施設の担当者から昨日一日の生活について報告してくれた。「主人は？」「なんでここにいるの？」と言っていたようだ。初めはお風呂を拒否していたようだが、午後には機嫌よく入浴したという。着替えや薬の服用、補聴器の充電など、親切にしてくれている。心配だったのがトイレだ。しかし、係のスタッフがちゃんと夜中でもトイレに起きたとき、すぐに案内してくれて問題は何もなかったという。さすがは介護専門施設である。

一日が過ぎて、今日は彼女の布団や家において行った衣類の始末などに追われて午後になってようやく落ち着いた。

布団などの始末をしていると、これまで60年も一緒に暮らしてきたこと、20代から40代に至る機関紙協会での貧しい賃金での生活のこと、20年近い勤務の後、そこを辞めて思想的なバックボンを脱ぎ捨てて一般社会で就職を探してもがいていた一時期、ようやく物流関係の人材派遣関連事業の総務を担当することになった60代までの「ガムシャラに生きてきた」時代を共に暮らしてくれたことなどが改めて思い出されて息苦しい気持ちをかみしめている。

だから、施設に入所してくれていることにホッとする一面と共に「今どうしているか?」という気持ち、認知症であることを忘れて、何か彼女の残る人生への裏切りをしているような辛い気持ちが苦く涙が出てきそうであった。心の片隅にあった「入院するといって施設に入所させた」罪悪感のような辛い気持ちが泥水のように心の中に沈殿している。

そうした右往左往の感情が今日一日ずっと続いている。当分はそうした悩みを持ち続けるだろう。しかし、それ位は覚悟を決めて受け入れるのが私の務めというものだ。

今は、一日も早く施設の生活に溶け込んで穏やかに暮らしてほしいと願うばかりだ。その気持ちを、電話で一日の生活を報告してくれたスタッフに話すと、彼女はさらっと言う。

「大丈夫ですよ。みんな同じです。必ず溶け込んでくれますよ。そのために頑張りますから」

と言ってくれた。その言葉を聞いてこの一文を書く気持ちになった次第である。

今日から、会話をする、そして文句を言う相手がいない。腹を立てる相手もいない。ひたすら自分一人の食事を作り、自分だけの家庭生活に馴染むしかない。私がボケないように生活の仕方に一工夫が要るようだ。

あまり深刻にならず、肩の力を抜きながら、しかし、冷静に事態を理解しながら意識を強くもって自分の生活を続けることであろう。具体的にはまだわからない。しかし、真剣に考えなければならない。今日はそのことを考えている。

（２０２３年10月10日）

持続する力を養うこと

女房殿が施設に入ってから特に思うのは、８月から9月にかけて我が家を襲った大腸菌の病気と続くコロナ感染による生活の混乱と体力の急速な衰えに愕然としていた時のことである。

ジム通いはもう20年になるが、それほど真面目に通っていたわけでもなく、できれば健康で寿命を少しでも長らえたいという想いが強かった。しかし、この度の事態に直面して、20日近い静養と運動不足で、体力の減退が想像を超えていたことを改めて思い知らされている。

時速5キロで3キロの距離を歩くのに36分だったが、病気以後初めてのジムの日は軽い散歩程度の速度でも15分程度で休憩しながらそれでも30分が限度であったストレッチをし始めても体が思うように伸びてくれない。そんな日が10日間ほど続いた。

1か月を経過してようやく以前の状態に少しずつ近づいてきたのがものすごくうれしい。

改めて人間が長生きするうえで健康と体力がいかに大切か思い知った次第だ。ジムは何のために行っているのか。長生きしたいという願望以前に、「その時」が近づいた時、あまり寝込まず、苦しまず行けたら最高だという想いが改めて胸に落ちる。

もう87歳だから今でも長生きの領域まで生かしていただいたのだから、これ以上は何歳までというような寿命の延命よりも、願わくば寝込まずに行かせていただきたいものだ。

そのために養生ということが意味を持ってくる。そのために出来ることをコツコツと継続することではないか。

私は何回も書いてきたものだが、冲方丁の「光圀伝」の中で描いている一場面がやっぱりすごいと思う。

水戸光圀の護役である伊藤玄蕃が病で危篤となった時、光圀が見舞いに行ったときに玄蕃は言う。

「これにて今生のお別れでございます。死は恐れずとも、生を放り出すにはしのびず、せいぜい養生をして、達者に冥途へ辿り着きましょうぞ」

玄蕃はそれから半月ほどで世を去った。

養生と覇気の共存が老齢の生き方なのだと常に心に留めてきた。

養生とはどんなことだろう。静かに家の中で暮らすことなのだろうか。私は思うのは体をいたわりながら、無理せず気持ちを鍛えて体力を持続させる日々の生き方ではないだろうか。それも養生である。

しかし、養生は玄蕃のように病いに伏せている人の場合もあれば、床上げはしたとしても病後の養生もある。普通の生活者としての養生もある。人それぞれということになる。しかし、普通の健康な人には養生とは通常は言わないだろう。病人の養生は、医師の注意を良く守り、静かに体力をつけていく毎日の注意深い営みが前提である。

病後の養生は、何よりも規則正しい生活のリズムに注意しながら、食べ物に気を付けて、少しずつ体力を回復するリハビリテーションに等しい毎日の生活から、無理をせず体力を養っていく営みではないか。朝、起きる時間をあまり乱さず、就寝時間を乱さないことは当然であろう。体力が少し回復したからと言って「くそー！」という気持ちに引きずられてしまうと必ずその反動が自分を襲ってくるに違いない。

私はジム通いに復帰したが、毎日はとても行こうとは思えないのだ。今はまだリハビリだと言い聞かせている。それでなくても87歳の老体である。その上、体重が4キロも落ちてしまったのだから。その回復と体力の回復と仲良く付き合ってその内に日の目を見ることが出来ると信じている。それも養生ではないか。

若いときのように無茶な自動車運転をするのではなく、何十年も前の運転上手だった頃の技能が今でもできると思いあがらず、速度だけでなく周辺への気遣い注意といったらよいのだろうか。慢心という気持ちは自分になくても「過去の自慢」が気持ちに現れたら、危険信号ということだろう。老齢者の交通事故はほとんどが、「自分は大丈夫」という過信が原因だという。

それなりの体力と精神の無理のない持続が覇気に通じるのだと思う。それが老齢期の養生ではないだろうか。自分でそのように納得してそこを目印にやっていこうと思う次第である。さらに言えば、体力の持続と維持、そしていろんなものに対する興味と関心、もう少し深く知りたいという好奇心とでもいえばよいのか。

そのキーワードは「持続」だと思う。腹7分目でもよい。運動も毎日が辛ければ、あるいはどこか痛くなったとしたら一日か二日休めばよい。体力と健康状態を持続できるエネルギーを養うのが運動であり、好奇心であると最近思うのだ。それが老齢期の養生ということに繋がる。


（２０２３年10月10日）

普通の夫婦暮らしが懐かしい

老妻が施設に移って今日で一週間になる。

毎日の生活の状況を気にしながら、一日が終わって夜になると今日も問題なく施設の一日が終わって眠りについていることにホッとする。同時にどんな感情が揺れているのだろうと思うと私の気持ちも右往左往して落ち着かない。

このところ、夜になると寒さを感じるようになり、私の着るものも少しずつ冬へ移り変わる。変化の時期を迎えている。

ふと思ったのだが妻が家にいると、ズボンの丈を直してくれ、ボタンをつけてくれと簡単に言っていた時期が懐かしい。結婚した時からずっと洋裁一筋で生計を助けてくれた人だが、5年ほど前から頼まれた洋服の仕立てがつまずき、間違いを犯して混乱のうちに解らなくなってそれが出来なくなってきていた。それは認知症の初期症状だった。認知症の進行は意外と早い。

ズボンの下に履くパッチの丈の短いものが無く、全部長いものばかりなので、新しく買うことも考えるのだが、長いのが何本もあるので短く手直しをすればよいのだが、簡単に頼める状況はもうないのだと思うと、淋しい想いが忍んでくる。シャツやズボンの洗濯は何とも思わないのだか、アイロンをかける時は失ってしまった日常が改めて懐かしいと思い感謝を意識する。

コロナが流行り出したころ、世間ではマスクが品不足になり、自分で作ったマスクが流行っていた時期があったではないか。その頃、古いYシャツを私がインターネットで調べて寸法と型を採り、生地を切ったら、女房殿が私の言ったように、マスクを縫ってくれた頃が懐かしい。裏地のガーゼを手芸店に一緒に買いに行って10枚くらいマスクをつくったものである。もうそんな時間は来ないのだろうと思うと侘びしい想いの塊が胸に沈んでくる。

老妻が介護施設に入居して2週間になる。久しぶりに顔を見に行った。表情は家にいる頃と大差はなく元気そうであったのでそこは安心した。2階建てのグループホームなので2階のグループの状況は全く分からない。玄関を入ってすぐ右側に介護スタッフの部屋があり、そこを過ぎると1階のグループホームの入居者が思い思いの格好で座って雑談をしていた。よく数えてはいないが7人程度の認知症の入居者が座っていた。認知症の進行度はよくわからないが、女房はまだ軽いほうではないだろうか、同じ程度のおばあさんと二人で座っている。唯一の話し相手なのかもしれない。私は、そのような同じ程度の人がいて話し相手がいてくれていることに随分と気が楽になった。セッカチでヒステリックにわめいていたことなど嘘のようである。

自分の部屋に行って二人になると、

「なんで私がここにいるのか」「あんたはどこで暮らしているのか」と聞く。

「家にいるよ」と言うと「私はなんで家におられないのか。帰りたい」と訴える。

自分が施設で暮らしていること、そこで毎日寝泊まりしていることも意識はない。

施設で毎日ご飯を食べ、みんなにお世話になりながら、他の入居者と共同生活をしているという感覚もあまりないようだ。今、そこにいるということ、その瞬間、その瞬間が生きているという実感なのではないだろうか。ただ、私たちが夫婦であるという認識と一緒に生活したいという想いが強く心を支配している。それも、今いる時の瞬間の感情なのだろうか。

1時間程度話していたが、家にいる頃は毎日のように言っていた息子たちのことも、田舎の姉のことも自分からは話が出ない。自分の世界でいっぱいなのだろうか。その世界はどんな世界なのだろうか。

私が、今度の日曜日には次男夫婦と孫娘、そして僕も来るよと話してもあまり関心は示さない。家に帰りたい。帰らせて！とひたすら訴える状況である。

1時間ほどして私は帰った。管理者に電話でお礼を言い、「今どんな様子ですか」と聞いたところ、

「帰られてしばらくは淋しい、帰りたいと言っておられたが10分ほどしたら、いつもと一緒で普通の表情に戻られ、他の人と気持ちよく話しておられますよ」ということであった。

心配しないで大丈夫ですと、私を勇気づけてくださった。

むしろ私の中に「すまない」という気持ち迫ってくる。本当ならそんな認知症だからこそ一緒にいてあげないといけないのではないか、という罪悪感が押し寄せてくるのだ。

86歳という長い人生を生き続けていろんな夢や希望、生きていく張り合いのようなものがあったはずなのに、今ではその瞬間、そのときの生活だけが生きているということのすべてなのではないか。明日の姿や望み、希望といった張り合いの種を抱くことも出来ない状態を見るに忍びない想いが消えないのだ。この老齢になって初めて経験するどうしようもない辛さである。心が震えてくる。

しかし、現実には、共に苦しんで共に絶望のどん底に落ちることはもっと悲劇的だという理性が、妻を施設に入居させた理由である事も本当なのだ。すまないが施設で穏やかに、皆さんの親切なお世話に身を委ねで暮らしていってほしいという想いがある。それが今となっては穏やかに生かしてくれる道なのだと思う。本当はそのことを本人が理解出来たらどんなに気持ちが救われるだろう。

（2023年10月14日）

相続するものはあるのか

五木寛之氏のエッセイ集「新・地図の無い旅①」を読んで随所で「自分の場合はどうだろう」と思うところがある。

その一つ、「私たちが相続するもの」というエッセイを読んで、そういえば私が親から相続したものは何であったろう、と思うのと同時に私が息子たちに何を相続していくのだろうか、何か相続をするものを持っているのだろうかと自問して、少しこのことについて深掘りして考えてみることが大切だと思った。

五木氏が言うように、ここでいう相続とはお金や土地や物的な財産というものでは無い。五木氏は別として、私にはそれらは初めから無いのだからそこで心配することはさらさらない。

私が両親から引き継いだものと言えばなんであろうか。父は地方公務員で町役場に勤めていたが、彼から引き継いだものはなかなか見当たらない。あるとすれば、父は大間知安之助という元武士の子供であった。大間知家はどんな理由かわからないが、富山県魚津の町に住んでいたある時期に家を始末して北海道に逐電したときに、幼少の父は川本家に引き取られて養子となった歴史がある。自伝「80年に至る軌跡」を書いた時、随分と調べてみたが北海道に逐電した先祖の事情は分からずじまいであった。大間知家から川本家に養子で迎えられた子供の父は川本家で大事に育てられて成人してから役場に勤めるようになる。母はそんな父を支えて家を守り、遠い山に畑を借りてサツマイモや野菜を作ってくれていた。その山には荷車を引いていくのだが休みの日は、おにぎりの弁当をもって良くその荷車を引いて一緒に行ったものだ。

母は、いつのころからか知らないが熱心な浄土真宗の信者であった。毎日のように仏壇の前に座って念仏を唱えていた。

その母が老衰で亡くなったのは83歳の時である。その時の出来事は今も私の中に重く記憶として残っている。私が80歳で書いた自伝「80年に至る軌跡―息を切らして『いま、ここ』を生き続けた記録」の中にも書いている。

死の床にあった母は、古くからの信者仲間のおばあさんの名前を呼んで「会いたいから呼んできてくれ」と言った。誰だったか知らないがそのおばあさんを迎えに行って一緒に連れてくると母は、「誰も入るな」と言っておばあさんを部屋の中に呼んで座らせた。

それから30分もしただろうか、おばあさんが部屋から出てきて「二人でお経を唱えた」といって帰って行かれた。それからしばらくすると、隣の部屋で危篤の後始末などで騒いでいた親族の騒がしさを叱って「静かにして寝かしてくれ」と言った。その一言からどのくらい時間が経過したか、私にはよくわからないが数時間後に母は息を引き取った。

それは、私が40歳を過ぎたころのことである。

まさに信心の人であった。人の嫌がることはしないという信念を持っていたように思う。

そんな母親の思い出が私の生き方に一筋の灯りをともしてくれるようになったのは何と私が80歳近い老齢期になってからである。

私にとって母親の死の床での出来事が最大の相続だと思う。相続とはそういうものかもしれない。その人がどんな生き方をしたか、わずかな挿話的出来事を思い出した時、それが相続と言ってもよいのかもしれない、親の話し方や箸の持ち方や仕草に至るまでいろんな所作も知らないうちに受け継いでいるのかもしれない。そんな所作が体の中で育まれて習慣になり、性格に溶け込んで引き継いでいくものなのかもしれない。

　このように見てくると、相続とは継承という姿になって引き継がれるものであるように思う。だから、それは受け継ぐ側が自覚するかどうかということに尽きる。例えば何代も続く老舗の店を見ればわかる。教える側、親の代の人は自分の生き方や仕事の仕方を黙々と続けて次の世代の息子に引き継ぐ。問題はその息子が親から何を学び取り引き継いでいくか、その仕事の仕方の中に相続する継承というバトンが引き継がれる。引き継ぐ人の感性、何を学んだかの内容が相続の姿ではないだろうか。人が逝去してから、3年、7年、そして13回忌を迎えると死者を偲び、親族は先祖にお参りをする日本の生活文化の習慣はまさに、感謝の気持ちと誓いを込めて相続する姿なのではないだろうか。相続は単に財産という範疇の問題ではない。

　ついでにこうも考えてみた。相続というと親族が対象だが、社会で体験した辛いこと、感動したこと、幸せに包まれたこと、自分が人生で学んだことを後々の人たちに伝えていくことも相続とは言わないが、やはり継承ということにはならないだろうか。人間社会の歴史はつねに先達の生きざま、生活の知恵などによって後世に引き継がれていくものであるといえる。そうだとすれば、いずれ先代になるであろう私はどんなことを意識し、どんな姿を残していくべきかを自覚していく責任があるというものだ。

　私は何を残していけるか、それは、自分の生きてきた時間の中での感性に響いて人格形成に役立った事柄を真摯に伝えていく生き方なのかもしれない。そして息子たちがそこから何をくみ取ってくれるか、少しでもくみ取ってもらいたい思い出や事柄を残していくことが継承に繋がるのだと考えると納得できる。五木氏のエッセイを読んで思ったのは、誰もが自分にふさわしい理解によってその人らしく自分で意識して引き継ぐものを自覚できればよい。

（2023年10月17日）

87歳の誕生日を迎えて

87歳の誕生日を迎えた。

昨年まではずいぶんと違う日である。妻の誕生日は10月27日だから、わずか10日のちがいであり、例年ではささやかな手料理を作って食べたものだ。二人の子供たち（子供とは言えない立派な大人であり、56～58歳である）からは毎年牛肉や衣類などのプレゼントがあったが、今年は、二人からの電話もない淋しい一人の誕生日の夜である。妻は施設で86歳を迎えた。入居してからもう一か月を過ぎた。

人は全て孤独だと言われている。生まれたときから死ぬ日まで、様々な彩の姿で人生を繋いでいるが、それは、表向きの姿であって本質は独りである。老齢になって、さらに一人だけの暮らしに入って、昼間はともあれ、夜になると誰も話す人はいない。1か月前までは認知症の病気とは言え、怒ったり、注意したり、言葉を交わす人がいた。今はただ静かな夜である。自分だけの食事を作り、後かたづけをして、自分の布団を敷いて、本を読む。時たまテレビを見るが毎週の決まった番組が中心で、チャンネルを次々と切り替えるような見方はしない。

しかし、今さら孤独についてその悲哀を書き出しても出口はない。むしろ、孤独という人生の捉え方を真正面から受け止めて、そこでどう生きていくかを自分で見つけていくしか道はない。

ブッタの教えにはこんな言葉があるという。（以下、「人生の目的」高森光晴・大見滋紀著）

独りうまれ　独り死ぬ。

独り去り　独り来る。

私たちは生まれたときも独りなら、死んでいく時も独り。無人の荒野を独り行く旅人の感じである。

……

浄土真宗の経典の中に蓮如上人の「御文章」が収められているが、その中の「白骨の章」に次のようなお言葉がある。概略である。

朝方、笑顔で出かけた人が、夕べには白骨となって帰ってくる身である。

『朝には紅顔ありて、夕べには白骨となれる身なり』

人の死は、年齢の老いから順番に訪れるものでもなく、病人から先に訪れるというわけでもない。死はつねに歩いている目の前から静かに訪れるものでもない。横から、そして後ろから一撃のように生を奪ってしまうことも常である。まして、老齢で、持病を持つ身ならば死もまた、必然的に身近にせまっている。

ロシアの文豪トルストイは50歳近いときに次のように書き残している、という。

『こんなことが、よくも当初において理解できずにおられたものだ。ただ、それにあきれるばかりだ。』『よくも人間は、これが目に入らずに生きられたものだ。これこそまさに驚くべきことではないか。生に酔いしれている間だけは生きても行けよう、が、さめてみれば、これらの一切が誤魔化しであり、それも愚かしい誤魔化しであることに気付かぬわけにはいかないはずだ。』

老齢期の孤独感は一層深刻である。だから身辺の変化という環境の変化について、そこから訪れるであろう身辺の変わりようについて覚悟を決めて選択しなければならないと思う次第だ。私は認知症の妻を施設に入居させたが、彼女の孤独感と私自身の感情の変化、孤独感についてどれだけ考えたかと言えば浅はかだったと思う。施設に入れたのが本当に正しかったのかどうか、問い詰める気持ちを抑えきれない。そんな罪悪感が毎日私を悩ませている。

（２０２３年11月７日）

介護の哲学と技術は深いな…

老妻を施設に入れて以来、介護について考えない日はない。岩波書店から出ている「私にとっての介護」という本を読んで心が洗われる記録に接することが出来た。

それは、本田美和子氏の「自立の手段としての依存」という4ページほどの短い記録である。彼女は日本ユマニチュード学会代表理事であり、「ユマニチュード入門」「家族のためのユマニチュード・その人らしさを取り戻す優しい認知症ケア」の翻訳者・共著者である。

ユマニチュードとは、ケアの技法とその哲学を表しており、一言でいってケアする人とは、「健康に問題がある人に対してその健康の①回復を目指す。②現在の機能を保つ。③最後まで寄り添う…専門職であると提起している。

そして人間にとって最も大切なことはなんですか?と問われてそれに対する回答は「それは自分で決めることだと考えます」と本田さんは言う。

たとえ認知症であっても、身体的・精神的に稀弱であったとしても、人間にとって最も大切なことは「自立」だと考えれば、ケアする人は相手の自立をさせる必要があるという。たとえ自分でできなくても、その意志が他人によって実現されればその人の自立は護られる。ケアする人が相手の自立性を尊重したケアを実現できれば、ケアを受ける人は自立性を保ったまま、ケアをする人に依存することが可能となる。つまり、依存とはケアを受ける人の「自立」の手段となると断言する。

私は、本当に妻の自立を尊重して、全幅の信頼をもって施設に送り出したのだろうか。

確かに私という未熟で感情的な夫と一緒に暮らすより、施設の介護専門家の下で暮らしたほうがずっと自立的に生きられると思う。更に言えば、私がアクシデントに見舞われて妻の世話が出来なくなった時のことを想像するとその選択は間違いではないと確信するのだが、一方では私は本当に介護をしてきたのだろうかと自問自答するとき正解率は数十パーセントにも満たないものだという不安が付きまとっている。家族の介護とは何だろうか、その回答を知りたいと思い、本田美和子氏が翻訳し、共著ともいえる「ユマニチュードという革命」「ユマニチュード入門」「家族のためのユマニチュード」を立て続けに読み、ノートにも取った。

「ユマニチュードという革命」は読み終えた。私は要介護3になり4になる頃まで自分一人では介護する自信はない。介護施設は今日では社会的になくてはならないものなのだと強く感じている。だから施設の専門家と一緒にユマニチュードの思想と技術を共有していけたらと思う。私が読み終えたあと施設にこの本を寄贈した。

60年以上連れ添った女房を施設に入れざるを得なくなったことについて後悔とこれから何ができるのかをしっかりと知り、誠実に対応していくことの大切さを知るのは私の責任である。

老妻が施設に入って2か月。季節が冬になるにつれて日頃の着るモノにも変化が求められている。今まで、彼女のズボンや下着などについて全く考える領域ではなかったが、Sサイズで間に合っていた下着やズボンが小さくなって苦しそうなので、Mサイズのものを少しそろえてほしいと施設のスタッフさんから要請があった。

ズボンは自分で買いに行って届けたのだが下着となると私の手に負えないことである。次男の奥さんに何とか頼んだ。快く受けてくれて早速買いに行って施設に届けてくれた。その写真をLINEで送ってくれたのを見て「とても自分では手の届かない細部への配慮」を感じて、本当に何も役に立たない自分を責めながら、ホッとした安心感と何もできなくなっている自分に虚しさを感じて涙が止まらなかった。


最近しきりに頭をよぎっているのは、老妻の事とともに、自分の身の寄せどころについてである。90歳近い自分として、いずれ始末しなければならないことを考えるに、何時までも現状のままで暮らしていける自信が日ごとに弱くなっている。

二人の息子たちと共生する生活は初めから頭の隅にもない。今のうちにどうしていくのか計画を立てなければなるまい。幾つかの【シニアハウス】の案内書を集めているのだが、残る余命を考えながら経済的な計画と予算、生活のありようとそのための老齢の生き方を意識的にイメージできるようにしないと落ち着かない。しかし、それにはまだ、粘り強い覚悟と計画の作成と実行の課題が待ち受けている。かなり深刻な覚悟がいる。しかし、挑戦していくつもりだ。しかし、そうしたシニアハウスに入った時、自分の生活はどうなるのだろうか。

起床から食事まで規則で決まっているだろうし、受動的な生活パターンにならされてしまうのではないか。その時には主体的な生き方が持続できるのだろうか。

（２０２３年11月28日）

日常の中で小さな「気づき」

「私の残日録」を書き始めてもうすぐ2年になる。断片的でほとんどなんの連続性もないまま、その時々に気づいたことを書いてきた。年の暮れを間近かにして少し振り返ってみようと思い、ゆっくり読み返してみた。もし、この日誌的散文を書いていなかったらどんな日常の暮らしを続けていただろうか。喜んだり愚痴ったり、悩んで感情的にイラついたり、怒ったりして体と心がどこかに沈んでしまい、歪んだ気持ちを引きずって日々を過ごしていただろうと思う。どのように暮らそうと1日は1日であり、変わらないとはいえ、体と精神の傷を引きずっていくか、ある程度自分の中で決着をつけて前を向いて生きていけるか、その違いが出ていたのではなかろうか。

日誌を書くということにはそのような効能がある、ということに気づいたのは何よりも新しい発見であり、うれしく思うのである。

つたない文章ではあるが、書き綴る時間を作る生活が出来ることは捨てたものではない。


生活の中で、興味・関心のネタを見つける「発見への好奇心」を燃やし続ける生活に向かって体と心を少しずつ集中させていく訓練の生活、そのように生活の断片を拾って考えてみると実に充実して面白い。

今日は、朝からベランダの網戸を風呂場に持ち込んで熱いお湯と洗剤で洗って新年の準備をする一方、毎年のように作る「鰊の昆布巻き」を作った。私と女房だけでは食べきれないのだが次男が好きだから、正月料理のつもりで作ってみた。かなり本格的に昆布の黒い艶がでて、味も満足のいくものになった。

「明日こんなことをしよう」という目先の計画があると体は動くし、気持ちの高揚が出てくるものだ。精神的な活力が培養される。毎日は多様性に満ちている。そう思うと気持ちは楽になり、一工夫という生産的な生活になるように思える。日頃の暮らしの中で「一工夫という気持ち」で取り組めば愚痴はなくなるし、楽しく取り掛かれるように思う。

その根底にあるものは、自分の生活習慣ともいえる毎日のリズムだと気づいた。生活のリズムが狂ってくると病気になるか、気分的におかしくなる。毎日の食事を自分のいつものペースで頂いていること、朝、起きる時間がほぼ同じリズムであるか、家の片付けなどですべきことを自然な流れでやれることなど自分で確認すればよい。それが生活というものだろう。生活のリズムを自分で崩していては元の木阿弥である。できるだけリズムを崩さない生活を持続するには、それなりのエネルギーがいる。怠惰との闘いである。何かを気持ちの中で燃焼させる仕事・行動といったものを意識して持つかどうかということであろう。

それが少し狂ってくるときは危険信号だと思えばよい。そしてペースを落として養生し、身体の変調がないかどうかを自己点検するという生活の営みである。体調が悪いときはジムを加減するか休む。そのことを否定的に考えないようにすることが肝要だろう。仕方がないではないか。そう思えばよい。そして、絶えず自分の心の窓を開けて外の風を吸い込み、社会と同居しながら精神的エネルギーを取り込んでいけたら、まさに健康的な暮らしというものではないか、そのように思ったら随分と気持ちが楽になる。

年末ともなれば人並みに家の跡片付けや掃除で一日を夢中で過ごした。話す相手もいない。

3日前から予定を立てて、それを黙々と行ってようやく一段落をした。

明日は、女房殿が介護施設から一時的に帰宅する。いわば帰省である。1月4日の午前までは二人だけの正月をゆっくりと味わわしてやりたい。一抹の不安は4日に施設に帰るときの心境を考えると、私の対応が試されるのだと思う。不安にならないよう誠実に面倒を見て、心静かに帰ってもらえるようにやってみたい。私が試されているのだ。誰とも話すことはない。一人だけの生活が、いつも自問自答の毎日である。

帰省している間の一日は近くの神社に初詣に行く人になろう。散歩がてら歩くようにしたい。


産経新聞30日版に「鎮魂2023」という2ページの特集があった。

毎年のことではあるが、これを読んでいるとずいぶん各界著名人が亡くなっている。31歳のスポーツ選手もいるが、最近のことだが大相撲の寺尾さんが60歳で鬼籍に入られた。見ると80代が圧倒的に多い。漫画家の松本零士さんが85歳。谷村新司さんは

74歳であった。坂本龍一さんも71歳である。作家の畑正憲さんは私と同年齢の87歳である。

脚本家の山田太一さんは89歳、森村誠一さんは90歳である。

新聞を見ながら、自分もまた、いつお迎えに来られても全く不思議ではないのだと思うと死がこれほど身近に感じるようになったのだと思わずにはおれない。

さて、今年は何をし、どんなことに楽しく過ごせたのだろうか。どんな思いをこの年に積み重ねることができたのか。

まもなく訪れる新年の生き方などは、新しい年を迎えてじっくりと考えたい。

（２０２３年12月26日）

元日に能登地震とは！／新年の暗雲

元日の午後4時過ぎに私の住む堺市のマンションが大きく揺れて、突風が窓ガラスを破って入り込んだ錯覚を覚えた次の瞬間、家は大きく横揺れてそれが10秒以上続いた。瞬間的に淡路・神戸大震災を直感した。あの時も同じような衝撃が走った。すぐにストーブを消し、テレビを見てまもなく驚いた。震源が能登である。

私はすぐに富山にいる独り暮らしの姉に電話して安否を尋ねたが、震える声で「怖かった。怖かったよ」と言って「今、近所の人の車で避難する途中の車の中」という声を聞いて一安心した。津波は心配する位置ではないのでとりあえず安否の状況確認で電話を切った。

それからの被災状況は新聞・テレビの報道の通りである。私の生まれは富山県の西部に位置する海岸沿いの町だが、能登地震では直接被害が発生する地理的状況ではないことが分かり、ひとまず落ち着いたが成り行きが心配される。すぐに連絡しなければならない親族もいない。ただ、富山と言い石川の金沢近辺はかって相談役を務めていた会社があるところでもあり、能登に近い町から出てきている社員もいるので気にはして近く連絡をしないといけないと思っている。

私は年末から、新年の課題というと大げさだが、目標といったものを考え、模索する日々を過ごして新年を迎えた。87歳から88歳に至る新年のやるべきことを考えてきたので、そのことを書いてみたい。

私は、もう20年以上、否、会社創立から26年になるから、少なくとも25年前から東京の物流関係の人材派遣会社の労務関係の顧問として今も関わり続けている。その間、物流管理部を立ち上げ、物流倉庫を自社運営しながら、その経験を人材派遣にも生かして成長を続けてきた会社である。社長はまだ60代だがスケールの大きいいわば精密な戦略家というタイプの人である。

私は主に総務部のスタッフ労務に関する部門で必要な助言・提言を続けてきたが、その具体的な仕事に就いてはここでは触れない。

今まで15年近い間に3人の総務関連課長あるいはその代理者が自主退職して空白になっている。常務が新規の採用について苦労しているようだが、側面から支援するための提言を早くまとめていきたいと思っていた。

「スタッフ労務の特徴とそれにかかわる担当者の資質」については20年の実情を総括しながら、私は過去からの経験から一つの信念を持ってきた。それは「現場主義」の視点から問題を掘り起こすということであった。本社機能は常に現場サイドの情報を掌握して、それに伴う様々な事務処理と整理を正確に記録して、現場の業務との調整が必要になる。特に私が担当する分野では、さまざまな労働災害、通勤災害の問題がスタッフの生命と安全の緊急課題として、労務部が対応の第一線に立つことになる。労働基準監督署に対する報告と、被災したスタッフの治療と補償の仕方について関係書類の提出が必要になる。少し事務手続きが間違ったり、遅れてしまうと「労災隠し」のクレームがスタッフやその周囲から指摘されて、意図しないトラブルになる苦い経験が過去にいくつもあった。労災はどんなに軽傷でも所轄の労働基準監督署に届けることを基本にしている。

ただ、最近の一つの傾向として災害の発生原因に首をかしげてしまう傾向が散見される。たとえば、通勤にスリッパを履いて躓いて転倒するとか、階段から足を踏み外して転倒し、重症の場合は頭部や足の骨折という事態に至ることもあるのだ。しかも、まだ40歳代の健康な人である。災害に対する的確な対応という側面と、危険な所作についての問題提起と改善の提言も大切な仕事である。

本社での事務作業に没頭していると、現場サイドの複雑な状況から目をそらして「自分の領域」だけに矮小化してしまうようになる。その弊害をなくしていくことも私の役割なのだと絶えず意識していくように気を付けている。

二つ目は、健康の維持と養生の考え方を少しでもグレードアップしてそれをこの「八十代の残日録」に書き残したいと思う。そこには料理や栄養の視点も大切だろう。何しろ毎日が食事のことを抜きにしては成り立たない独り暮らしの身なのだから。それはまさに毎日の避けられない「家事ヤロウ」の仕事である。持病の糖尿病への向き合い方が、今まで通りでは通用しなくなっていることをお医者さんから指摘されている。

ジムに行っていて感じることがある。ジムでのメニューはあまり変わらない。約3キロのウオーキングと下半身の筋肉運動を中心に軽い全身の運動、そしてストレッチで股関節や全身の関節の柔軟性を維持するための運動を床に寝て30分ほど行う。大体1日の時間は2時間半。そのリズムが何の苦労もなくやれる日と、あまり気乗りがしない日がはっきりとわかるようになった。気持ちが乗らない時は早めに切り上げるようにしている。そんな時は体が疲れているか、体調が良くない日だから無理はしないようにしている。最近も起きた事故だが、高齢者が多いためか時々風呂場で倒れたり、サウナ風呂でぐったりとして寝込んでしまうという事故が何件か発生した。自分の体調のリズムに変化が起きていることが認識できないとそのようなことが起きるのだ。だから、自分の日常の体調やリズムをいつも自覚し、それに適合する生活の過ごし方が大切だと思う。

私の異常と言えば最近、視力の衰えというか、メガネが合わなくなってきたことが気になる。当たり前といえば当たり前のことで88歳にもなるのだからそれが自然と言えばその通りだろう。

この半年前あたりから、ものがダブって見えるために本を読んでいても辛いのだ。乱視は以前からあるのだが、ダブって見えるということはなかった。眼鏡屋さんで検査をしてもらったが斜視の傾向があると言われた。眼科に行ってよく診察してもらうことが大切で、安易にメガネを作り替えるのは良くないということであった。今年の前半はこの問題にけりをつけたい。87歳だからと言ってあきらめるつもりはない。

三つめは、やはり老妻の介護施設での生活にまつわる想いを大切にして残る人生を互いに全う出来ればよい、と思う。

何ほどのことも出来ないが、生活に不便だけは味わってほしくはない。できるだけ、施設の職員とコミュニケーションを取りながら、生活の機微を理解し、手助けできればよいと思う。それしか出来ない。

そのうちに妻の施設生活どころか、自分も老人ホームに行くことも視野に入れておかないといけないように思っている。90歳になるまでに現実問題として私の終末期についてある程度道筋を出すことが避けられない。その覚悟をもって日々過ごしていきたい。それにしても、気がかりなのは、歩く速度の衰えと歩行時の下半身の疲れ、重心のふらつきを感じるようになってきたことである。ジムではそれなりに頑張っているものの、街中やその階段を上るとき息切れをすることがしばしば覚える。階段に躓くことが数回ある。この傾向は危険極まりない。

最後は、これまでの自分の生活スタイルを毎日の繰り返しから、少しずつ変化というか「非日常」を積極的に取り入れていきたい。妻が認知症の軽度の症状であった時期は、デイサービスに行っている間のゴルフが楽しみで月に3回は奈良のホームコースに行っていたが、私の帰りが彼女の帰宅より少し遅くなると精神的混乱が強まってきたので2年前にゴルフは行けなくなり辞めた。それと奈良まで車で行くことに不安も感じていたこともある。それ以降はジムに行くことと家事が日常の生活の中心になり、そこからはみ出すことは無くなっている。まさに独り暮らしでほとんど人と話す機会もない。出来れば日帰りでもよい、または一泊でもよい、気の向くまま、旅行をして新鮮な息吹を体の中に取り入れるようにしようと心を弾ませている。旅行と言えば大げさだが、京都や奈良、神戸、当然ながら大阪近郊でも博覧会や展覧会などに気楽に出かける生活に切り替えていきたい。好奇心の幅が狭くなることが精神的にも一番老け込む要因になるのだと思うからである。この日誌【八十代の残日録】が残り少ない日々の記録にならないように、まだまだやることが多いという気持ちで綴っていけるように心がけていく。

そんなことを考えて今年、気にかけていきたい事柄を書き出した。それ以上のことは成り行き任せで十分ではないか。

（２０２４年１月２日）

また一つ難題が増えた

年が明けてから主治医のクリニックで診察を受けた。先生は糖尿病の専門医である。

昨年の暮れに血糖値の測定でヘモグロビンＡ１ｃが７・８まで上がり、糖尿病の危険水域をはるかに超えてしまった。さすがに私もショックであった。今年初めての診察でも同じような数値が出ていた。原因は大体推測できる。間食と果物を何の躊躇もなく夜に食べているのだから、ある程度は覚悟していたのだが、今回の結果は、内服薬の治療の水準では済まない水準である。インスリンの注射を常時携帯しなければならない事態が目の前に来ているのだ。

88歳になろうとしている老齢なのだから、生活にこれ以上の制約はごめんだという思いもあったのは事実だが、このまま放置すれば、血糖値が高いと言って薬を飲んでいればなんとかなるという段階ではないのは医者から言われるまでもなく理解できる。全身にそのダメージが回ってきて苦しむことになるのは目の前である。

私の糖尿病歴はもう15年ほど前からであるが、ずっとヘモグロビンA1cが6・8を超えることはなかった。適当に有酸素運動を中心に身体を動かしてきたし、日本酒やビールも飲まない生活なのであまり心配してこなかった。

ご飯は通常の人と変わらない程度でほぼ150g、お茶碗一杯が自分の容量と心得てきた。

だが、ここにきて根本的に考えを切り替えないと大変なことになる。何より果物の糖質を甘く考えすぎた。今、戸惑いがあるものの、食生活について見直す覚悟を決めて何を始めるべきかを整理している最中である。血糖値を下げる最大のポイントは糖質の制限であるのは解っていたつもりだか、どんな食事を構成するか、主食のご飯やパンの量を少なくした後のタンパク質の取り方、その目安といったこと、そして調味料の考え方を切り替えていくヒントを模索していくことが必要になる。

やはり、ご飯を主食にして生活してきたのだから、ご飯中心の食事になって長い。考えてみると最も糖質が高いご飯やパンを好きなだけ食べていて、血糖値が安定するわけがないことを今、改めて思い知らされている。

３か月以内には、北里大学北里研究所糖尿病センター長・山田悟先生の書籍などを読みながら真剣にヘモグロビンＡ１ｃを６・５まで下げていく覚悟で生活の切り替えをしていくしかない。そう決めた。糖質制限の考え方の基本は「ロカボ」だと言われている。山田先生の著書に書かれている「ロカボ」のルールは次の通り。

一日の糖質量は70～１３０ｇ。

①お腹いっぱい食べられる。
②糖質は抜かない。毎食20～40ｇしっかり摂る。
③タンパク質、脂質、食物繊維をしっかり摂る。
④カロリーなんて全く気にしない！
⑤炭水化物、タンパク質、脂質のバランスも気にしない！

つまり、一日３食の糖質量を70から１３０ｇ以内に抑える食事のルールを守ることだという。その代わり、タンパク質は遠慮なく食べること。その基本は、主食を少なくして肉や魚、卵の類を遠慮なしに食べて満足感を味わうようにしよう、という提案である。考えてみれば、毎食のご飯をお茶碗軽く一杯に盛り付けて食べるとその量は１５０ｇで糖質は55・２ｇ、これだけの糖質を毎食食べていれば、一日の糖質が１７０を超える計算になる。糖尿病は、糖質だけが問題なのだから、そこに焦点を当てて糖質を制限する「ロカボ」が最良の対策なのだという。

早速食品ごとの糖質量の一覧表を作り、そして動物性タンパク質と植物性タンパク質の食品とその量を一日がかりで作り、不明確なところをインターネットで補充する作業に取り掛かっている。

そしてスーパーマーケットでご飯の冷凍用プラスチック容器を買ってきて1食あたりほぼ100gずつに分けて冷凍し始めた。そのほうが毎食電子レンジでチン！すれば毎食ごとに測らなくてもよいではないか。本当は半分の75gが推奨されているのだがいきなりその自信はない。おかずのメニュー作りとも関係するので、当面は少し水準を下げて始めることにした次第だ。慣れと要領が解りだしたら変えていくことにする。その中で面白い発見があった。炊き立てのご飯150グラム弱をパックに入れて冷凍して、食べるときにレンジで熱々にして蓋を開けて測ってみるとほぼ100g強になっている。炊きたてのご飯の水分が冷凍で飛んでしまうからなのだ。

毎日食後の血糖値を測定して糖尿病の悪化を抑えていきたいと思っている。これも、実は大変な覚悟と規律のある生活を求めるものだけに、私の一つの挑戦として取り組んでいくつもりだ。今年はヘモグリンA1Cを6・5まで下げていくぞ！と決意しているのだが。

それから私は夜の食後2時間に血糖値を測ることにした。間食をやめて果物はオレンジ半個分、駄菓子類をやめて、口がさみしいときはナッツ類を少しだけよく噛んで食べるようにしている。

糖尿病は血管を弱くし、ほかの病気の呼び水でもある。お陰様で、食後の血糖値は、平均160mg/dlに今のところ収まっている。これならばヘモグロビンA1Cが7・0を切るのは間違いない。

生きていくということは、常にいろんな難題を突き付けてくるということだろうが、そこから逃げるか、よそ道にそれて事態を回避するか、受けて立つかいずれしかない。そのように気持ちを切り替えれば、いくらかはましな結果を作り出せるだろうと信じてやることが肝要と自分に言い聞かせている。

食事の制限ではないことが救いである。糖尿病は、腹いっぱい食べることを否定されているわけではない。ただ、食事構成の内容を今までとがらりと変えるということに怖気付かないようにしなければならない。ご飯が好きな人にご飯の量を半分にすることは難しいが、そのほかのタンパク質や脂質、食物繊維をうまく抱き合わせてメニューを考えるという創造性が必要である。白米ご飯ではなく炊き込みご飯で量を稼ぐとか、チャーハンにするとか、それはこれからの工夫次第だ。

今では、老妻が介護施設に入っていて、私一人だけの老人生活なのだから、自分の想いのままに切り替えても誰からも苦情はない。

幸いなことに、私は食事を作ることにそれほど苦痛は感じないので、自分なりの工夫を自分で取り入れて行ける。だから、一日3食の食事構成は3日程度をめどにしてあらかじめメモにしておけばよいと思っている。それはいつでも修正可能なものでもよいのだ。その時に糖質の抑制すべきものと食べてもよいものを工夫して書き出しておけばそれほど難しい事にはならないのではないか。だめならその時々に修正すればよいではないか。そのためのメモ用紙を準備しよう。その前にまだよく理解できない課題について少し勉強しなければならない。やることは尽きない。

2月2日から食後の血糖値を測定し、記録するようにしているが、毎食というわけにはいかない。食後の時間の関係もあるが煩雑で、うまくいかない。可能な限り朝の空腹時の検査をしたいと思っている。つまり、自分の空腹時の血糖値が一番わかるのは朝起きて食事直前であるためだ。そして夕食後の血糖値は食後の運動量が一番少なく血糖値に一番跳ね返る確率が高いからである。この数値が許容範囲になれば第一段階は合格である。

次回、病院の診察日にA1Cが6・7になっていたらうれしいのだが……。

（2024年1月26日）

独り暮らしの食事

老妻が介護施設に入って生活するようになって4か月を経過して、それぞれが自分の生活圏で暮らす日が平穏に推移しているように思う。勿論妻の感情などについて正常に話し合うということはないのだが。

その中で、私は毎日の食事の献立と食べ方について考える比重が相当大きくなっている。三食の献立は、買い物をする前提であり、特に糖尿病患者としての気遣いが相当な比重を占めているだけに毎日が真剣である。その糖尿病については、毎日血糖値の測定を始めてから以前にもまして食事内容の比重が大きくのしかかっている。食後の血糖値が190を超える日は炭水化物の中の糖質が確実に多い日である。これは実証されているだけに主食のご飯は1食120g以下にすることを基本に考えるようになった。いずれ100gを目指したい。そのため、三合のご飯を炊いて容器に150gに測って入れる。なんで150gにしたかと言えば冷凍することで水分が少なくなるからであり、電子レンジで温めて測ってみるとほぼ110g程度に収まっているからである。初めは物足りない気持ちがあったが、最近は「これでよいのだ」と言い聞かせている。その分主菜と副菜で満腹になるように工夫が必要になる。肉や魚、卵などの使い方についてマンネリにならないように気力を尽くして考えるようになってきた。メニュー作りが面倒という世の主婦たちの悩みは本当によくわかる。

特別メニューではない日常食だから、それなりの変化が必要である。食べるという日常でのマンネリズムにならないということと、同じ素材でもその活かし方を工夫して斬新なメニューを作ることへの冒険も時には必要だ。だからユーチューブの料理紹介を参考にするとか、ヒントにして作ることもある。ユーチューブの調理についてメモを取り、ノートに書き留めておくことがいつでも役立つ方法である。面倒であるが仕方がないと言い聞かせる。

昨日は根菜類をたっぷり入れて鮭の切り身を入れた粕汁と銀鱈の味噌漬けを焼いて食べたが、さて、今夜はカキを買っているのでバター焼きにしよう。一人生活なので手の込んだことはあまりしたくないが、なんでも手抜きの調理という発想はない。プロの作り方を参考に丁寧な調理方法をまねることで調理が楽しみながらできるようになれたら面白いと思う。そんな余裕で調理出来たら独り暮らしも悪くはない。ただ、お金の節約は基本である。余分な調理材料やグッズに心を動かされないようにしないと家の中が調理室になってしまっては「猫に小判」になってしまう。

身体が必要とし、そしてなんとなく心が引き寄せられる食材や調理に気持ちが動くときは、それに従って挑戦してみたいと思うことを面倒がらずにやるということは、ボケ防止にもなるし気持ちの活性化にもつながる。面倒くさいという気持ちに誘惑されても断ち切る気持ちの持ち方が大切だと思う。最近の冷凍食品は素晴らしい。いくつもの素材を買ってきて自分でおいしいと思った商品をまたリクエストすることが多い。

正月4泊5日の帰宅後、初めて施設に面会に行ってきた。生活の様子を見たいと思ったことが第一の思いであったが、補聴器がほとんど機能しないほど会話が通じないことが解っていたので、その補修をして聞こえるように掃除と部品を取り換えることにした。耳に入れる小さい部品の汚れを取り除くために部品の交換をしなければならなかった。

何とかその作業を終えたのだが、「あんた今どうしているの」「なんで私は一人でここにいるのか」「今日は一緒に家に帰りたい。一人でいるのはいやや」

こんな会話を続けて一人になることを悲痛なまでに訴える姿を見ていると、何を言っても会話で「納得」という気持ちには至らない。施設の職員に聞いてみると、いつも一緒に生活している人と楽しく話はしていても、夜になって寝るまでの暫くの時間が、孤独を感じる辛い時間のようだ、寝てしまうと朝になれば通常の生活が再び訪れて毎日の日常生活が始まる。

認知の機能は確実に低下している。会話が通じないというか、言っている言葉の意味自体が自分でも相手に伝えようという気持ちとは無関係にその瞬間の感情を言葉にしているだけという印象である。

約1時間の面会であった。職員さんに日常生活について聞いてみた。これまで好んで履いていたズボンが小さくなったようでゴムひもで収縮自在のズボンでないと気にいらないようだ。

ほとんどのズボンが履けないようだということであった。家にいた時期には好んで履いていたボタンとカギのついたズボンはもう駄目なようだ。古いものを5枚ほど持ち帰った。

2月で介護保険の認定が期限切れになり、今、その更新手続き中とのことだが、どの様な認定を受けることになるのだろうか。身体は元気で食事にもあまり好き嫌いはなく何でも食べているようなので、急激な変化は考えられない。それだけに、認知機能の低下は一層痛ましい。昨日、施設の管理者から電話があり、3月から別の施設に転勤になったことを伝えられた。良くしていただいただけに淋しさとこれからの一抹の不安がよぎったが、これは仕方がないことである。


昨日、私は一年ぶりに国立大阪医療センター心臓外科で定期検査の結果を聞いた。22年前の心臓の僧帽弁と三尖弁修復手術以来、毎年の定期検査である。大きな変化は見られなかったが心臓肥大と不整脈は相変わらず出ている。毎年ある程度は指摘されていたものだが、今年はその指摘が例年よりもニューアンスが強かったのは気になる処だ。

「年齢のこともありますから」アブレーション手術も選択肢ではあるが、「それなりのリスクがあります」という。

自覚症状には大きな変化はないが、ジムでの運動で疲れが強くなっているように思える。そのことは相談しなかったが医師の症状指摘について例年よりも強い印象を受けたことで心臓に負担を掛けないような生活が必要なのかもしれないという思いを抱いて帰宅した。保存療法で命を少しでも長らえる方法を自分で作っていく以外にはない。

有酸素運動のベルト歩きを軽くして自転車こぎの比重を増やすなどの工夫をしていく必要があるのかもしれない。

同時に頭から離れないことは、何時までも独り生活で過ごせる自信はない。いずれ老人ホームでの集団生活に頼らなければ独り暮らしは限界に来るという思いである。その準備を急ぐ必要がある。どうにもならない事態にならないうちに準備する決断も間近だと思うのだ。そのための経済的な準備が急務である。病院から帰ってきて暫くはその思いに沈んで考えていた。

老妻の介護施設での毎年の経費が約２００万円でこれが今後8年なのか10年なのか彼女の寿命次第である。これも人生というものだろう。この数日間の大きな悩み事である。

だが、「残日録」はこれからも思考する気持ちがある間は書き続けていく。それは生き甲斐というか、心の洗濯なのだ。可能な限り気持ちを洗い続けて清潔に維持していく洗濯の作業と心に言い聞かせて続けていくつもりだ。

（２０２４年2月28日）

介護認定の改定通知

老妻の介護保険認定の調査が1月26日にあり、従来の「要介護1」から「要介護2」に変わった。その調査結果が施設に送られ、この度私に転送されてきた。

その調査で要介護2に至ったいくつかの進行症状を見ると、「人間が壊れていく」という切なさがこみあげてくる。認知症という病気とはそういうことなのだと改めて思い知らされているが、それでも、自分の意思が自覚されているという人間の基本的な生命力は溶けていくものではないと信じていた。

しかし、調査結果を見るとそうではない。「毎日の日課が理解できない」「今の季節が理解できない」「今、いる場所がどこなのか理解できない」「ひどい物忘れ」「短期的記憶ができない」「特別な場合を除いて日常の意思決定ができない」……。しかし、「意志の伝達はできる」ということだ。

今いる場所の理解ができない、という症状は私が面会に行った度に「なんで私がここにいるのか」という質問で思い知らされていたが、いくつかの関連した症状をこのように示されると、「感情が不安定である」という調査結果の内容が納得される。自分のいる場所が理解できないということは、どのように理解したらよいのだろうか。今していることの意味を知って何かをしているのではないということではないか。想像できない言葉がつづられているのを私が理解できないのだ。彼女の頭の中で何が起きているのか、自分でさえわからないのでは、いつも不安と混乱の中で暮らしているということではないか。認知症の症状についていろんな書物や人の話では分かっていたつもりだったが、本人の生活の動作や暮らしの一つひとつについて自分の意思がどのように作用しているのだろうか。意思の伝達ができるのに、「伝達する内容が理解できない」ということはどういうことだろうか。この欠陥分析について専門家から助言を頂きたいと思う。このような状況に押し込められている中で会話が正常に成立しないのは当然として、あまりにも切なく辛い。

面会に行って話し合うとき「あんたはどうしているの？」と毎回聞く。自分で生活しているというと、私はなんで此処にいるのか、という。施設のスタッフも話してくれるが納得できないようなのだ。自分は独りぼっちという意識が拭えない。

このような状況がいつの間にか進行していくのだろうと思うと、無力感だけが募ってきて辛い。1月26日の調査だったから、次回の調査は通常なら3年後令和9年になる。3年後にはもっと症状が進行しているのだろうと思う。老妻は今年10月で87歳になる。一緒に家で暮らしを共にしていたら、こんなに冷静にものを考えることはできなかっただろう。お互いのためにはよかったと思って受け入れながら、別々な日常の暮らしを素直に受け入れて気持ちの繋がりを大切にしていくことがせめてもの現実的な私たち夫婦にできることである。

（２０２４年3月16日）

知人たちと飲み会

スポーツ・ジムで古くから顔見知りで挨拶程度はしているが話し合うというほどの関係はなかった人たちが集まって交流する「飲み会」が近隣の中華料理店であって参加させてもらった。

ジム通いがほとんどが15年以上で、開設以来の30年という人もいる。年齢は74歳以上で最高齢は私より一歳先輩の友人たちと老齢者が中心だ。主催してくださった担当責任の方も30年以上もジムの経験者でこの会の面倒を見ていた人で故人となった人も多い。

集まったのは10人だったが、数か月に一回程度開いて飲みながら、料理をつついて談笑する会である。それぞれ長い人生をいろんな分野で壮年期を過ごし、やがて定年で引退した人たちが集う。話を聞いていると、随分と親しく日頃話をする人も、その人の人生についてお話を聞く機会はなかったが、元銀行の偉いさんだったり商社の役員だったりさまざまである。

もし、この歳になって何か困ったときは、こうした人たちの知恵を借りる機会があればこれほどの魅力はないだろう。この飲み会はＩＺの会という名前で随分と長い歴史があるようだ。

私は、今回が初めての参加であった。ジムは22年になるが、あまり、積極的に話していく性格ではなかったのとジムよりもゴルフに集中していたこともあり、ゴルフ仲間ほどの深い付き合いはなかった。妻が認知症になりゴルフに行けなくなってジム通いが多くなってきたこともあるが、きっかけは別にあった。会員の一人が経営している料理屋で年に2回ほど開かれていた「落語を聞く会」に過去何回か参加していたのだが、数年はコロナ感染の影響で中断していたこと、妻の症状から夜に家を空けることができなかったために誘われながら参加できずにいたこともあった。

前回の「落語を聞く会」でたまたま、今度近くで交流の飲み会をやるので参加できれば来てほしい、というお誘いを受けていたこと、妻が施設に入ってわびしい一人暮らしを強いられていることもあって今回の初めての参加に至ったのだ。近く「落語を聞く会」を開いた会員さんの料理屋で飲み会をしようということを話し合って約2時間の遊びの集いをお開きにして終わった。

自分の世界を狭めていれば気楽だが、孤独と閉塞感の深い生活の穴の中に閉じこもることになる。それはどんな心境を生み出すか、最近よく理解できる。

自分から作り出さないまでも、お誘いや機会を積極的に受け止める感性を失わないようにする老齢時代の過ごし方を学んでいくことが必要だと切に思うのだ。年に数回の集まりが一つの楽しみになる。

（２０２４年3月18日）

フレイルという老齢期の危険信号

昨日から風邪のような気怠さが気になり始めた。ジムは休んだが、体調が沈んでどうにもならない。いつ来てもおかしくはない不安が忍び込んでくる。原因解明になるようなことは思い当たらない。そうかと言って子供たちに連絡するほどのこともないし、仮に連絡したとしてもせいぜい病院に行ってみては？ということしか出てこないのは判り切っている。単なる疲れだろうと思ってそれ以上深くは考えないように気持ちをそらしてみた。

パソコンを開いて検索して少しは安心できる材料はないかと探してみた。しかし、特別の手立ては見つからない。病院に行くにしても明確な症状を医師に伝えることもできそうにない。せいぜい柔らかい食事をして一日ゆったりと休むことに心のけりをつけた。人の生活リズムはそのような不調も日常のリズムに織り込み済みなのかもしれない。生きている限り、不調もあれば原因不明の乱調もあるだろう。それをすべて気にしていたらやっていけないではないか。

老齢期の病気について何か参考になるものはないかと探していたら、フレイルという言葉が目に入った。読んでいくうちに自分に該当するようなものではないことが分かり、安心する一方、高齢者の病気、生活習慣・高齢者の死亡原因などについて今まで深く考えていなかったことを改めて突き付けられた思いに気づいていた。

「フレイル」とは、体がストレスに弱くなっている状態で、高齢者の場合は生活の質を落とし様々な合併症も引き起こす危険があるという。フレイルの基準は5つあって、その内3項目に該当すればフレイルと判断される。

第一は、体重の減少で特別の原因が明確でないとき、年間5％以上または、4、5kgの体重減少

第二は、疲れやすい、何をするのも面倒だと週に3～4日以上感じる。

第三は、歩行速度の低下

第四は、握力の低下

第五は、身体活動量の低下

さらに、体重や筋力の低下などの身体的低下だけでなく、精神的変化なども含まれるという。

私は幸い、数年前に比べて歩行速度は低下しているものの、ほかに該当するものはない。強いて言えば第二の疲れやすさだろうか。

人間は、フレイル状態になると、死亡率の上昇や何らかの病気にかかりやすくなりストレスに弱くなり、自分の感情コントロールもできにくくなる。風邪をこじらせて肺炎を発症、転倒や骨折になりやすくなる。つまり、健康な状態から介護が必要な状態に移行するようになる中間の状態といえる。

運動習慣はとても大切なことで、ジムは最高の健康対策だとしみじみと感じるのだ。

令和元年75歳以上の運動習慣の割合は男性が46・9％、女性が37・8％。男女とも

65‐74歳よりは約8ポイント75歳以上が上回っている。これは、ほとんどが現役を引退し、時間の余裕が増えたこと、そして健康について切実に感じるきっかけが幾つか重なり自分の日常を振り返って決意した人が増えたことが大きな要因になっているようだ。

参考までに高齢者の死亡原因を令和4年版「高齢社会白書」の令和2年度集計によると65歳以上の死亡原因の第1位がガン、第2位が心筋症、第3位に老衰となっていた。続いて脳血管疾患、そして肺炎である。

高齢になるということは、その年齢につれて不都合なことが身の回りでいやおうなしに増えてきて、苦痛や辛さが付きまとうことを覚悟しなければならないということであろう。

さらに要介護の認定を受けている65歳以上の人は、その人口の26％、４７１万人に達している。この内、介護が必要になった主な原因は認知症が18％、脳卒中15％、高齢による衰弱は13・３％にも達する。

今が何とか元気で日常の生活に格段の支障はないと言って油断はしてはいけない。常に警戒警報を意識するに越したことはないという思いを新たにする。高齢化社会というう現実は、いろんな不都合と病気と衰弱が当たり前のように広まるということなのだ。

（２０２４年３月24日）

雅楽と紅茶のお茶会から

全くの偶然であった。富山にいる姪っ子で富山県唯一人という紅茶インストラクターの女性からＳＮＳが来たので珍しい人からだと思って開いたら、３月24日富山県南砺波市の光教寺の本堂で「雅楽と紅茶の桜薫るお茶会」のお誘いであった。おそらくこのＳＮＳは、私を指して送ったものではなく不特定の人々に送ったときに偶然私にも発信したに違いない雰囲気であった。私はすぐに返信したがその日は全く連絡が取れなかった。後日、私から電話で確認したら本人もびっくりしていた。この偶然を利用して話を聞いてみると間違いなく雅楽と紅茶のコラボレーションを準備しているという。私は、雅楽にはそれほど興味はなかったが開催地である南砺市にはいささか興味があった。ここは「井波彫刻」で有名である。地元の大きな木を手彫りで繊細な人物や仏様、何よりも欄間などの繊細な工芸品にするという、彫刻が盛んなところである。その彫刻も一度見たかったので私も参加するという返事をした。

富山に帰るのは何十年ぶりのことか。すぐに富山のホテルを予約し、たった一人になってしまった姉にも会いたいと心を弾ませていた。もし老妻が元気で一緒に行ければどんなに喜んでくれただろうと思いながら、複雑な心境であった。

金沢から敦賀まで北陸新幹線が伸びてきたのを幸いに大阪から敦賀までサンダーバードで行き、敦賀から富山まで新幹線で行けるのはありがたかった。従来は金沢から富山まで乗り換えなければならなかった。姪っ子の女性はその間に自分の姉や私の姉やその息子夫婦にも連絡を取って一緒に食事する段取りをすべて整えてくれていた。私は富山に着いて皆さんと待ち合わせて楽しい一時を過ごさせていただいたのである。

私にとってただ一人の94歳になる姉と会うのは何よりであった。私よりも元気そうで、近況を話し合っていると、最近は近所の人たちと麻雀を習って楽しんでいるというではないか。「それは何よりや。頭の刺激・運動には最高やね」というと嬉しそうな笑顔でそうだという。ご主人は2年前のコロナの最中に病院で親族の看取りもない状態でこの世を去っている。90歳を超えて友達と楽しく麻雀ができる快活さは私にもないものであった。私も見習いたい。そんな友人関係は、なかなかできるものではないと思う。私よりはるかに長寿を生き抜くだろうと感心してその夜は別れた。また、姉の一人息子夫婦と二人の子供たちにも初めて会えて記念すべき一夜であった。

翌日、迎えの車で雅楽とのコラボレーション会場のお寺に行った。開会まで時間があったので楽しみにしていた井波彫刻の総合会館を訪問して様々な彫刻を拝見した。井波彫刻の起こりは、宝暦・安永年間の1763年からのもので幾度も焼失した瑞泉寺の再興のために、京都本願寺の御用彫刻士・前川三四郎が派遣されて、これを師とした井波彫刻大工らによって伝統が引き継がれてきたものだという。昭和50年に国の伝統工芸品に指定されて「日本一の木彫り彫刻」の産地として定着している。

午後から光教寺の本堂に行った。古いお寺ではあるが、重厚というより、静かな田舎のお寺という印象である。私は初めて雅楽を奈良の春日大社で一度だけ聞いたことがあったが椅子に座って本格的に楽曲を聞くのは初めてである。全部で6曲の演奏であった。雅楽は5世紀ごろに中国や朝鮮半島から渡来し、日本で優雅な楽曲としてひろまった。平安時代に宮廷音楽として定着したといわれている。最近耳にするのはNHKで平安貴族の物語でこの雅楽がドラマのバックグランドとして物語の奥ゆかしさを映し出すのに大きな影響を与えている。この会に参加したのは約80人はいたのではなかろうか。ほとんどが富山市内や地元の人たちであった。それぞれ寄付する金額のお金を無人箱に入れて席に着く仕組みである。

お寺が単に宗教の集まりの場所ではなく、このような文化的な集まりの拠点になっているのは素晴らしいことだ。

このお寺では住職さんも一生懸命に下準備とおもてなしの手伝いをされており、特段の公共施設もない地域では大切な文化会館という意味合いの所が増えるのもよいものである。

雅楽を聞いてから姪っ子がこの日のためにブレンドしてくれた紅茶をふるまわれて穏やかなひと時を過ごした。介護施設にいる妻を連れてきていたらどんなに喜んだことだろうと思いながら、楽しい富山の一日であった。時にはこうした日常を離れたところで新鮮な感覚で旅をすることはとても大切なことだと思って大阪に帰る電車に乗った。

それにしても、94歳を超えた一人暮らしの姉が麻雀を楽しんでいることを知ってなんともいえない勇気が出てきた。何があってそのような遊びに飛びついたのか、友達との間でちょっとした会話の中で背中を押してくれる、なんらかのキッカケがあったのだろう。「どっちみち暇やから、一緒に麻雀でもしないけ」という軽いお誘いであったに違いないが、そのお誘いに気楽に乗って始める麻雀は、楽しいだけでなく頭と精神の健康に大いなる力を与えているのではないか。

息子や女の子二人の孫に慕われてにぎやかな佇まいの姿を見るとほっこりと心が豊かになる思いであった。

人は偶然や友人の何気ない言葉、または軽い忠告めいた言葉から突然に何らかの【スイッチ】が入り、その後の人生を変えることがあるといわれている。このようなことは以前から聞いていたし、実は私がこの「残日録」を書き出したのは藤沢周平の小説を読んで触発されたものである。きっかけとなる瞬間を何気なく見逃すか、少し、引っかかって考えるか、そのわずかな差こそ人間の行動を左右するのだということを改めて学んだ。姉がまだしばらく達者で暮らしてくれることを願っている。

さて、これからもどのくらいスイッチを感じて生きて行けるだろうか。雅楽と紅茶の楽しい一時を楽しんだ上に94歳の姉からの麻雀の話は、私にとって大きな刺激になった。

（２０２４年3月28日）

家族観の変容と高齢者

　4月の10日を過ぎてようやく春らしい桜だよりが各地で賑わいを伝えるようになった。久しぶりに近隣の公園と緑道を散歩してみた。桜の花は〝待っていました〟とばかりあちこちで咲き乱れている。どの桜も随分と年輪を重ねた老木である。幹はその皮膚のしわがはがれそうに荒くれていて、汗をかきながら力を振り絞って満開の花を咲かせているように見える。もう、この老木もあと何年花を芽吹かせてくれるのだろうか。人間でいえばもう百歳近いといえそうだ。その幹を見てから空を仰いで桜の花を見ると清楚でピンクの一色である。まもなくそよ風が吹くと花弁はその振動で落ちていく。わずかな雨が降り出しても、その重みに耐えきれずに散っていく。確かに咲き始めから満開にかけて一年で一番華やかで清廉な美しさを感じさせてくれるすがすがしい風景である。植物だけだろう。年輪を重ねる老木も春になると新芽が噴出し、たくましい生命を楽しませてくれる様を見せるのは。だが、咲き乱れる桜を見ていると「もうやすませてあげてよ」と言いたくなる。桜の花だけが脚光を浴びて大地に根を張る力強い老木の幹まで注意が行き届かない人の目を思うと不公平で残酷なように思えてくる。本当に幹はしわと皮の痛ましいばかりの傷が覆っている。桜の満開をそんな風に見たのは初めてのことだと思う。

その翌日の新聞の報道によれば、令和32年（２０５０）には一人暮らしの高齢者が急増するという推測を発表している。65歳以上の一人暮らしは全世帯数の44％になるという。26年後のことである。自分の一人暮らしを想う時、人々は孤独な中で老いの苦痛や体調不良を我慢して生きていくことになる。

番号が振られた身元不明の遺骨が全国８２２市区町村で令和３年の時点で６万柱が保管されていて、このうち５万４千柱は氏名も確定しているのに、引き取り手が見つからない遺骨なのだ。家族という関係はどうなってしまったのか。この数十年の間で家族の姿が著しく変わってきているということなのだろうか。

私は数日前から腰を痛めて体調を崩し、買い物からの帰り路にコンクリートの階段を踏み外して転倒したことがある。これまで足をつまずいて道路で転倒するというぶざまなことはなかった。膝の擦り傷の痛さよりも、泣きたくなるようなみじめさが心を震わせた。もし、不意に何かあったとき、どうすればよいのか、息子たちに不満をいっているのではない。一人暮らしという現実はいろんな姿で高齢者に予測もつかない危機がせまってくる事態が多くなっているというのは現実である。携帯電話を持ち歩く、寝床に携帯電話を置いて何かあればＳＯＳを発信できるようにすることを心がけるようにしておきたい。

老齢は如何ともしがたい命の姿ではあるが、一人ひとりの想いや日々の現実は千差万別ではあろうが、おそらく老夫婦だけの家庭を除いて孫たちと共に暮らして、毎日「おじいちゃん」といって相手になってくれる人は年々少なくなっているのは現実のようだ。時代は急速に変わり生活のスタイルもそれにつれて変化してはいくものの、桜の老木もまた自然界で多くなり、幹や根元から害虫にむしばまれて倒木していく姿も多く見ることになるのかもしれない。

腰痛で体のバランスがうまく取れない苦痛を感じ始めた最近、体ではなく気持ちが先に萎れてきているのを感じるようになった。だが、泣き言を言って嘆いていてはどうにもならないのだから、自分を鼓舞して生きていく道を日々模索していくしかない。老木に咲く清廉な美しい花に安らぎと季節を感じて生きていくように、素直に自然の美しさとエネルギーに気持ちをゆだねて、ちょっとした身辺の変化も敏感に受け止めていける新鮮な感受性を持ち続けていけたら良いと思う。

一人暮らしの高齢者が急増しているとの国の推計が最近、新聞に大きく取り上げられた。

「65歳以上の家族形態」は今日の日本の家族について、老齢社会という現実を映しだしている。

２０２２年の段階で、65歳以上の人は３６２４万人で、家族形態で見ると、「夫婦のみの世帯」４４８万３千人で、65歳以上の一人暮らしが４３１万４千人、全世帯数の約30％という集計である。全国の全世帯数が１４６６万８千世帯のうちのうち65歳以上の単身者は約４３０万世帯（29・３％）である。これは今後もっと増えるだろう。

私は87歳で世間的に言えば「夫婦のみの世帯」に属している。ところで私の老妻は認知症を患い、介護施設に入居していて、統計資料に従えば、私も85歳以上の「単身者世帯」に属している21％の一人ということになる。65歳以上の高齢者の単身世帯は、平均してみても19％もいるのだ。老後の孤独が深刻な問題として一層悩み深いものになるのは間違いなさそうだ（表参照）。

（２０２４年４月10日）

世帯の家族類型・世帯主の男女・5歳階級別一般世帯割合（令和4年）

男性					
	単独世帯	夫婦のみ世帯	夫婦と子の同居	1人親と子の同居	その他
65-69歳	21.3	40.1	23.2	3.2	12.2
70-74歳	19.3	46.9	21.6	2.6	9.6
75-79歳	16.6	51.1	21.6	2.9	7.9
80-84歳	15.7	51.7	20.0	4.0	8.6
85歳以上	21.0	46.1	15.1	6.6	11.3

女性					
	単独世帯	夫婦のみ世帯	夫婦と子の同居	1人親と子の同居	その他
65-69歳	66.7	1.4	0.5	24.1	7.2
70-74歳	59.4	1.0	0.3	22.5	6.8
75-79歳	71.3	0.7	0.1	21.9	6.0
80-84歳	73.9	0.4	0.1	20.1	5.6
85歳以上	74.7	0.1	0.0	19.0	6.1

国立社会保障・人口問題研究所=「日本の世帯数の将来推移（全国推計）結果表２　世帯の家族類型型・世帯主の男女・5歳階級別一般世帯割合より高齢者のみ抜粋して作成

日本人の技術の底力はすごい！

ＮＨＫテレビで４月から始まった「新プロジェクトＸ」を毎週楽しみに見ている。特に感動したのは黒部第四発電所の建設にまつわる壮大な自然と戦う技術者たちの戦いである。これは石原裕次郎主演の映画にもなり、15年も前の「プロジェクトＸ」が初めての放送であったが、この度再放映されたように思う。というのは最初の黒四ダム建設と資材搬入のドラマについておぼろげにしか記憶になく、この度番組を見て改めて感動した。このほど制作・放映された「新プロジェクトＸ」第４回目の「世界最長　悲願のつり橋に挑む～明石大橋40年の闘い」。そして今回は今や主流となってきた電気自動車・ＥＶ車の心臓部ともいえるリチューム電池の開発で、セルと言われる中核部分の開発の実情を再現してくれるドラマである。電池そのものの開発チームと、完成を前提に電池を量産する生産技術部のチーム、電池の完成を前提に自動車に搭載する電池を保護するパック開発チームの三つ巴の葛藤に照射している。

いわばＥＶの中核である電池開発と生産にかかわる三つのチームがＥＶ車の安全と

速度、そして量産の基本設計部部門である。

電池の開発が進まないことには生産技術チームもペッパー開発チームも先には進まない関係である。社運をかけたＥＶ搭載車完成スケジュールは待ったなしの中で、電池開発はほかのチームからは「何しているのか」という不信感にも似た冷ややかな視線が寄せられる。細かい実験で電解液を注射器で注入するやり方に対して「なんだこれは！　話にならない」という不信感が生産技術部リーダーをいらだたせる。険悪な関係は二人の責任者だけでなく、チーム全体の不信感が頂点に近くなった。そんな中で実験中の電池が爆発する事故が危機感を強めた。三人のチーム責任者が深夜まで話し合い、納期に間に合わせるために協力する血判状を作成して役員会に提出し、「今後はこの三人に任せてください。すべての責任はこの三人がとる」と覚悟を決め、毎夜集まって課題を一つひとつ明確にして取り組み始めた。

生産技術部リーダーだけでなくその部下たちからもいろんなアイデアが集まるようになった。

番組の司会者から「あきらめの気持ちはなかったですか」と問われたとき、今はもうそれぞれの領域で電池に関する幅広い分野で仕事をしている三人の元チーム責任者は言葉を同じくして語った。

「やれるかどうかはわからない。でも、やることはすべてやるという気持ちには全く揺るぎがなかった」と明るく話した。信頼関係がない間は決して交われないことも、危機感を共有したとき、うそを言わない、隠し事をしない、ありのままを話す、力を出し合って一つに向き合う、という関係が事態を打開する。電解液注入の際にできる液状のムラについてある女性技師は小型電池づくりで「うどん棒で伸ばす」ことで電解液のムラをなくし均一にした経験を語った。そのアイデアがＥＶ車の開発を本格的に進めるきっかけを作った。私はこのドラマを見ていて胸が震える感動を抑えきれず、テレビの前で涙ぐんでいた。

人はよく「退路を断って取り組めばできるようになる」というが、はたしてその言葉で問題が見えてくるのだろうか。実は前から「退路を断つ」という勇ましい言葉に疑問を持っていたのだが、この番組を見て「あっ、そうか」という思いがひらめいた。退路を断って取り組むという時、それはいくつかの条件が必要だと私はこの時思った。

それは何か。一人孤独な環境ではそうはならないのだ。退路を断つ人の周りがどれだけ力を添えられる環境を持てるか、プロジェクトの総責任者の決断と夢への執着が絶対の条件なのだ。やるべき課題に関係する幅広い人材や環境を作り出す幹部や上層部などの力量が問われる事柄であると思う。その環境を作り出す創造力こそリーダーの責任であり、資質であると思った。それが人々の〝退路を断つ〟決断を生みだす。日本が世界に誇ってきた製造技術の開発と発展にはそうした環境があったのだ。企業経営者、関係官庁、そして日本の政治に至るすべての分野でこうした「関わり合いの思想」が再び見直される必要があると思う。

現在の日本をイノベーションする課題は無限である。そのどれにも通じるテーマを教えてくれていると私は思った。

45分間の番組だったが、私は感動して胸が震える思いでしばらく呆然としていた。技術者たちの熱意というよりも与えられた課題の前からは決して横を向かない、後ろも向かない、ひたすら打開すべき課題だけに全精力を注ぎきる生き方を見て、これが人間の力だと感じていた。

私たちには年齢とは関係なく、死ぬまでの生きている間、なにがしかの課題が付きまとうものである。それが身の回りの些細なことでも、それが必要だと自分と周囲の人が思う限り、やはり解決したいと思うのが生きるということであろう。「新プロジェクトX」を見て立ち向かって生きる人の魅力に、変な言い方だが恋するときめきを感じた。

（2024年5月18日）

スマホは便利さと恐怖の「合わせ鏡」

このところ、SNSで投資の勧誘を受けて莫大な被害を受けた人たちのニュースに何回も接しているのは私だけではないだろう。AIを駆使したニセ有名人から投資話に誘い込まれて、巧みに勧誘サイトに誘導して何億もの大金を複数回にわたってだまし取る手口である。聞いてあきれるほどの大金を持っているご婦人が、今更こんな誘惑に引っかかることは普通では考えられない。人の欲望とは恐ろしい一面がある。ほどほどが大切だと自戒するのだが、それにしても最近は、スマホに流れてくる膨大なSNS情報は恐ろしいほどである。私は全く知識が乏しいのでよくわからないが、メールに送られてくるクレジットカード会社を名乗ってアカウントを引き出そうとするニセサイトは連日のように見られる。アマゾンを名乗ってアカウントの更新を求めるサイトも後を絶たない。私はそれらのメールに共通する「アカウントの更新」という要求に気づくと、無条件に削除している。しかもこの種の要求は一日に何度も同じ文面で送られてくる。パソコンとスマホのメールアドレスは共有にしているので、同じメールがパソコンにもスマホでも見ることができるが、基本的にはスマホで開くことはない。文字が小さくてとても判読することはできない。どこからきているかを見て、家でパソコンを開いて仕事に関する会社からのメールは第一に開いて確認をし、それからは通常使っているサイトのメールを見て、勧誘に近いメールは開かないで削除してパソコン上に残さないようにしている。特定の証券会社に口座を持っているので時々メールは来るが、証券取引に関する勧誘のメールは後を絶たない。「300倍に跳ね上がった銘柄の見つけ方・詳しく知りたい方はメールアドレスの登録をしてください。無料で教えます」というメールは連日である。しかし、そんなうまい話をメールで簡単に教えることはあり得ないし、紹介された一例のチャートグラフは過去の結果が出ている銘柄のものを提供しているのであって、その上昇の特徴は結果論に過ぎない。一つの参考になることはあっても将来に結び付く保証はないのだから、安易に飛びつくことはできないと自分に言い聞かせている。その手口の目的は会員登録と会費の支払いを求めるところに進むのが通例である。いずれにせよ自己責任の領域であり、完全に保証されることはあり得ない。その覚悟がないままに引きずられるとみじめな結果になるということではないか。

通信手段としてのメディアは活字の新聞、テレビ、インターネットなど、多彩なメディアを急速に普及させてきた。とりわけスマートフォンはインターネットなどのサービスを広い分野で活用されるに及んで、パソコン、テレビ、そしてゲーム器などと融合して多彩な機能に集約されて持ち運び便利なコミュニケーション手段になり、子供から高齢者まで手放せないものになっている。その便利さは、私などには到底理解できないほど広い領域に広がっている。人との会話が少なくなり、短い絵文字や短い会話のＬＩＮＥにとって代わり、ＳＮＳというネット上の交流サイトのやり取りに取って代わってしまった。誰にも相談しないで自分の感覚で選択しながら社会と繋がっていく。それは便利な一面、人々は孤立して生きていくことに慣れていき、習慣化してしまう危険性が広まっている。さらに人間同士の会話と集団の知恵を体感することで広い範囲の興味対象が感性の豊かさを作ってきた歴史から、興味の範囲が自分流に狭くなり、偏った情報しか見なくなってしまうという弊害が広まりつつあるとは言えないか。誰にも相談せずに自分だけの判断でＳＮＳ情報と接続する孤立した日常が幾つかの弊害を作り出しているように見える。

私たち高齢者は普通の生活でもあふれる情報についていけず視界が狭まりつつある中で、情報が素早く手に入るという利便性が偏った情報や不正確で時にはデマ情報にも簡単に飛びつく危険性が強まっているように思えるのは私だけだろうか。

スマホがよくないというわけではない。ただ、落とし穴も身近に増えているという危機感を合わせて自覚する必要があるということを言いたいのだ。一例は、スマホやインターネットでは簡単に知りたい情報を手に入れることが出来るので、学んだ情報に執着することはなくなった。記憶する意欲が少なくなっている。パソコンで漢字を思い出せなくなったということを自覚し始めた人が多くなっているのではないか。私もその一人だ。思考力が低下しても不思議ではない。

この上、人工知能というＡＩの普及によって人間がどのように変質していくか、良い面と恐ろしい面を共に知ったうえで使えるように訓練することが必要になるだろう。そのためには、スマホなどの利用について日頃から友人や家族と話して理解を深めていくことも必要だと思う。私はそれにとどまらず老齢期になって視力が衰え細かい文字が読めないなど、パソコンでもスマホでも面倒になっているのは事実だ。近視用の眼鏡に変えて初めて何とかしのいでいる始末だ。

（２０２４年5月24日）

老齢をヒシヒシ感じる兆候

6月中旬というのにまだ梅雨は来ていない。蒸し暑さはその前兆だと思うがとにかく29度も気温が上がっている。夜にしても深夜で20度を超える気温である。

今日はジムも休みなので、午前中に糖尿病のクリニックで診察を受け、依然としてA1Cが7・0を超えている。かなり努力しているつもりでも体が証明している。インスリンの出方が悪くなっているというのが医師の診断である。薬でアマニールを追加することにした。帰ってきて自作の梅干しの準備に取り掛かっている。今年は梅が極端な不作で福井の親類からは送ってもらえないので、お店で6kgを買っているので、水洗いして、ヘタを一つひとつ丁寧に取り除いてから塩漬けにする工程を行った。あとは水が出てくるのを待って瓶に移し替え梅雨明けを待つ。

午後に散歩に出かけてみたが40分位で暑くてやめた。

そこで感じたことである。歩いて10分くらいまでは足の疲れというか、足に力が入らなくて「これはだめだ!!」と散歩をあきらめようかと思った。しかし、まだ歩いて

10分か15分程度でやめるという選択肢はない、そう思って歩き出すと、いつの間にか足の疲れが薄らいできていた。しかし、20分くらいからは息が上がりそうになって心臓が悲鳴を上げだした。しかし、これは足の疲れとは違って軽くなるという兆候は出てこない。歩き始めて約25分位でいったん休憩をして息を整えて落ち着くのを待つこと約5分、それからはわりに落ち着いて歩けるようになった。

考えてみると今年88歳になる。このような衰えは仕方がないのかもしれないが、漫然と我慢して歩くのではなく、体の変化や対処の仕方を学習して無理なく継続することが大切だと自分を納得させながら帰宅した。体の重さ、だるさ、そして息切れを強く感じるようになっているのは間違いない。

88歳は古い暦で「米寿」である。長寿のお祝いの一つであろう。意味は詳しくは知らないが、米という字を分解すると八十八になることからきているといわれている。この上は90歳の卒寿、１００歳の百寿である。

長寿の仲間入りの年代になっているという自覚はそれほど深刻には感じないが、そうかと言って無頓着でおられるわけではない。腰の痛さや動作のメリハリの衰えは如何ともしがたい。だからこそ日頃の養生という意味の重みを感じるようになっている。日頃の養生という言葉の内実をもう一度整理して自分に教えてあげることが必要なのだと思う。

以前から気になっていたことであるが、養生という時、江戸時代に、83歳の時に書いた貝原益軒の「養生訓」を読みたいと思っていたこともあって、この機会に文庫版を読んでみた。文庫本一冊マルマル養生訓が微に入り細に入り書かれているのにはまず驚いた。丁寧に読み込むというより通読である。

すべてについて項目だけを箇条書きにしても何十ページにもなるというものである。全体の大意をかなり乱暴にまとめて現代の私たちに呼びかけているところ、貝原益軒の言わんとしている養生の根本を抜き出してみると次のようになる。（中公文庫・松田道雄訳より）

養生の術とはまず、自分の体を損なうものを遠ざけることである。体を損なうものは内欲と外邪《ガイジャ》である。

内欲とは、飲食の欲、好色の欲、眠りの欲、喋りまくりたい欲と心の欲——喜・怒・憂・思・悲・恐・驚の欲である。

外邪とは、風・寒さ・暑い・湿気のこと。この自然の気候変化によって体の調子を狂わせ元気を損ねることになる。

養生の根本は、内欲を我慢することであり、この根本をしっかりやれば元気が強くなって外邪にも負けることはない、という。

内欲の飲食では、適量にして食べ過ぎないこと、食後には数百ほど歩くことである。そして長い間、楽な姿勢で座っていたり、食後じっとしていたりすると、体の中に停滞が起きて病気になる。色欲を謹んで精力を惜しみ、寝るべきでないときには眠らないこと。そして元気を減らすことになる欲を謹んで言語を少なくして、中でも、怒りや悲しみ、憂いを少なくする生活を述べている。色欲を謹んで精力を惜しめというが、それは老齢期の自分には論外のことであり、素通りする。

健康を保って養生するには、ただ一字、大切なことがある。それは畏れ敬うということである。気の向くままに、軽い気持ちで動くのではなく、過失がないようにいつも天道を畏れ慎むことが何より大切である。

養生の道は元気を保持することが根本であり、その道は二つある。

まず、元気を害するものを取り去ること。もう一つは元気を養うことである。

元気を損なうものは内欲と外邪のこと。これは田を作るようなものである。まず、苗を害する雑草を取り去った後に、苗に水を注いで肥料をやって養う。養生もこれと同じである……。

振り返って現代の様相はどうだろうか。誰もが長寿を願望しながら、飲食や生活には快楽を追求しながら、一方で薬やサプリを使って快適さを追い求めている傾向が現実である。

面白いと思ったのは、食後に数百歩あるくことを勧めているところだ。数百歩といえば普通のお年寄りの散歩でいえば一歩が約60cm程度として500歩。5分程度の散歩に相当する程度だ。特に夕食後は動かないでテレビを見ている時間の5分か7分間を、外であろうと家の中であろうと、とにかく足を動かすことが養生訓なのだ。特にむつかしいことではない。

私は夜の食後に、ベランダで足踏み器を使って500歩、約5分行うようにしているが、これは、養生というより、食後の血糖値対策として行っているのだが、それが養生訓に合致しているのだから気持ちが弾んでくる。

（2024年6月12日）

「四季の循環」という死生観

最近、同年代の人たちを見ると、「この人たちは自分の年齢と体の調子・具合の変化や不具合の状態をどのように感じているのだろうか、どのように心の中で処理されているのだろうか」といつも思う。気持ちの折り合いをどのようにつけておられるのだろうかとふと思う時がある。残る寿命を自覚した時どんな思いをもって自分を励ましておられるのだろうか、何か参考になるヒントを切実に求めている自分に気づくことが多い。自分でもヒントというべきものを毎日求めているようになった。不安の裏返しともいえる。

仕事をもって、社会的使命を自覚している人は、それほど深刻ではないだろう。恐らく、自分の使命を自覚しているだけに人には気楽に言えない辛苦を体験しているのだろう。私はそういう人を何人も知っている。あるいは身近なところ病人を抱えて介護している人はそんなことを考える余裕さえない、と怒りをたたきつける人もいると思う。ご容赦願いたい。ついこの間まで私もその一人であった。今は、妻を施設に預けているので気持ちに少しは余裕が生まれたことから一人で生活する中でいろいろ物事を考える時間ができたということかもしれない。日々のことについて何かと考えることが自分の精神的な栄養素になっていることだと感じることが多い。

ただ、私は最近になって一つの落としどころを見つけたというか、一つの安堵感みたいなものを感じるようになっている。それは宗教というのではない。

幕末の思想家・吉田松陰が、安政の大獄で30歳の時に処刑された前夜に書き残した「留魂録」という遺書の一文に接したことが一つのヒントになった。この安政の大獄では23歳の橋本左内や多くの人たちが処刑された。

松陰は、その留魂録の第8章で次のように書いている。

以下、古川薫氏の口語体訳で紹介したい。(講談社学術文庫・古川薫訳注)

『今日、私が死を目前にして、平安な心境でいるのは、春夏秋冬の四季の循環ということを考えたからである。

つまり、農事を見ると春に種をまき、夏に苗を植え、秋に刈り取り冬にそれを貯蔵する。秋・冬になると農民たちはその年の労働による収穫を喜び、酒をつくり、甘酒をつくって村々に歓喜が満ち溢れるのだ。この収穫期を迎えて、その年の労働が終わったのを悲しむということを聞いたことがない。

私は三十歳で生を終わろうとしている。いまだ何一つなしとげることがなく、このまま死ぬのは、これまでの働きによって育てた穀物が花を咲かせず、実をつけなかったことに似ているから惜しむべきかもしれない。だが、私自身について考えれば、やはり花咲き実りを迎えたときなのである。』

『人間にもそれにふさわしい春夏秋冬があるといえるだろう。十歳にして死ぬ者には、その十歳の中におのずから四季がある。

二十歳にはおのずから二十の四季が、三十歳にはおのずから三十歳の四季が、五十、百歳にもおのずからの四季がある。』

『私は三十歳、四季はすでに備わっており、花を咲かせ、実をつけているはずである。それが単なるモミガラなのか、成熟した栗の実であるのかは私の知るところではない。もし同志の諸君の中に、私のささやかな真心を憐れみ、それを受け継いでやろうという人がいるなら、それは撒かれ種子が絶えずに、穀物が年々実っていくと同じで、収穫があった年に恥じないことになるだろう。同志よ、このことをよく考えてほしい。』

吉田松陰に代表される長州をはじめ幕末の政治の行方はやがて明治となり、現代へと繋がっていることは誰もが知っている日本の歴史の姿である。

実は、7月8日は安倍晋三元総理が奈良市内で選挙演説中に暴漢の銃弾で撃たれて亡くなられた命日だが、安倍元総理は吉田松陰と同じ山口県の生まれで、若い時から吉田松陰の影響を強く受けていたことはよく知られている。その安倍晋三氏が生前に言われた言葉が今、改めて注目されている。

「私が死生観の根本に於いているのは、郷土、長州の幕末の思想家、吉田松陰先生の留魂録の一節です。…四季の瞬間という一説があります」と言って先に紹介した文章を挙げておられる。

その安倍元総理の告別式が２０２２年7月12日東京・増上寺で行われ、昭恵夫人が挨拶されたとき、この留魂録の一節を取り上げて、次のように挨拶された。

「主人も政治家としてやり残したことがたくさんあったと思うが、本人なりの春夏秋冬を過ごして、大きな実を付けて、最後、冬を迎えました。種をいっぱい撒いているので、やがてそれが芽吹くことでしょう」

という言葉で締めくくられている。

この言葉は重たいとうなってしまった。組織を束ねてその使命を強く自覚している人ほど、日頃からこうした言葉を使わないのかもしれないが、組織の未来とその構成員の人生に負っている大きな責任を知っているだけに、日々が春夏秋冬の格闘の日は緊張と苦節の連続なのだと思う。会社の経営者であれ、真の政治家の場合も含めて壮大な夢と希望と決意を抱いている人の使命感を軽く見てはいけない。吉田松陰の死生観は現代にとって一層注目すべきことだと考える。

いつ寿命が尽きるかは誰もわからないが、少なくとも自分の四季をどのように営んでその時々の種を撒き、花を咲かせ、実らせて自分の冬を迎えるか、その日々の暮らし方のヒントがあるように思える。人それぞれの四季の循環が家族であろうと会社の場合であろうと個人の仕事であろうとまた、自分とかかわりあってきた人たちに、きれいに咲く花を残し、実を残して、遺産として継続すると思えば人の生き方は本当に厳粛なものである。

人は自然に誰でも老いて、不具合が多くなって、生活の仕方が窮屈になってくるが、だからこそ、その時々を精いっぱい誠実に何かに取り組んでその道で畑を豊かにして、花を咲かせ、収穫の実りを膨らませていくことが生きるということだと考えれば「何のために生きているのか」という疑問を抱く必要もない。みんな四季の循環を営んで生きているのだ。少しでも実りを残して次につなげていくことだから、大事に心を込めてそれぞれの花を咲かせる努力をしようではないか。無駄に過ごす時間はないのだ。

何を大切にして守ろうとして生きてきたか、その足跡を彩り豊かに残せたら、それもその人の春夏秋冬である。特別な才能の問題にしてしまうと、自分の春夏秋冬の循環が見えなくなってしまう。私はそのように理解している。それが正解かどうかは自分の問題であり、それが「自分の冬」の後の人たちがどのように見るかは知りようがない。自分の生きた証をただ誠実に日々、挑みつづけることだと信じる以外にない。私は相続という言葉にせよ、継承するという言葉にせよ、その対象は誰であるかは人それぞれだが、自分の人生の足跡を生きた証として残して冬を迎えられたら、それが人生四季の花を残すことになるのだと思う。だいそれたことを残すことではない。自分の身の程にあった花を探してその実を残すことを考えれば十分である。

私は、自分のことと して考えると共に、社会の中で企業を営んでわが身を削りながら、その使命に取り組んでいる人たちの格闘から学ぶものを見つけることに、もっと真摯であるべきだと思った。政治家についていえばもっと大胆な提言が必要だと思うが、ここで特に触れる余裕はない。

社会のいろんな場所で、あるいは一人の人間として、人はすべてその境遇においてそれぞれの「春夏秋冬の四季」を等しく営んで生きているという死生観は、いろんな文学やその小説の中で数多くのテーマとして描かれてきたのだと思う。意外と身近にあった人間観だが、あまりにも近すぎて深く考えることの対象から外していたのではないかと思うのである。チコちゃんではないが「ボッとしているんじゃないわよ」と叱られるようだ。

（２０２４年６月21日）

鉄分欠乏性貧血だった

暫くこの残日録から離れていた。約２ケ月間書いていない。だが、書くべきテーマが全くなかったのではないが、書かなくても日常は過ぎていく。そこに流されていたことが大きな原因であったと思う。

ひとたび書きとどめようとしたときはそのテーマが鮮明になり、何かを深掘りして思考することを楽しむ気持ちが生き生きと芽生えてくる。そのような認識が持てるということが書きとどめることの喜びにつながってくるのは楽しいことだ。それは、自分の生命力と認知力によってどうなるかはわからない。今は、改めて自分と向き合いながら書いていくことにしたい。

この歳だから、神経質になっても如何ともしがたいことだが、自分の体の変調について神経質になってきているように思う。

先月、掛かりつけ医の内科クリニックの先生から自宅に電話があり、「何事か」と驚いて受話器を取り上げて話を聞くと、

「血液検査の結果が届いたが、鉄分のいくつかの数値が異常に少ない結果が出ている。紹介状を書くから今日にでもきてくれ」ということであった。内科クリニックに行って話を聞くと、「このまま、放置することはできないので病院で精密検査を受けてください、今日のここでの診察費は後日頂くので心配せずにすぐに行ってください」ということであった。

このような緊急事態は昨年の食中毒で苦しんでいた時以来である。

すぐに指定の医療センターの内科に行って、問診の上で大腸からの出血による赤血球と鉄分の減少を疑い、大腸内視鏡検査や内臓への造影剤によるCTなどいくつかの検査を約半月をかけて続けてきた。しかしこれという著変はなく鉄分の点滴を1時間かけて行うことになった。鉄分が欠乏することでどんな症状が出てくるのか、それまで考えたことはなかったので相当戸惑っていた。体調の不具合で自覚症状があったの

は、体のだるさと少しの運動でも息切れがするようになったことであったが、そのわけがこの鉄分不足が大きな要因であったということを初めて知ることになった。鉄分のフェインジェクトという薬５００㎎を一時間ほどかけて点滴するのだが、この点滴は一セットを３回に分けて受けることになっていて、第1回目は8月7日、2回目は23日、そして30日に3回目の点滴を行った。30日の血液検査は点滴の直前なので、この日の3回目の点滴の結果は今後一週間ほど経過しないとわからないが、2回目の点滴からは数値はかなり良くなっている。

その数値とは、赤血球、ヘモグロビン、ヘマトクリックという鉄分と貧血を示す数値らしい。

担当医の所見では、「胃腸からの出血は見当たらない。ほかの内臓からの出血もCT内臓検査で異変はない。さらに調べた範囲でガンの兆候も見当たらない」ということであった。「心房細動に関する血液をサラサラにする〝リクシアナ〟を服用している影響は現時点では何とも言えない」

今後は最初に血液検査で異常を発見してくれた内科クリニックで血液検査を受けて3回目の点滴の結果を血液検査で鉄分量を調べてもらうことになる。

血液検査と点滴は8月7日と23日、30日の3回同じ日に行っているが、いずれも血液検査を行いその後に鉄分の点滴をしている。血液検査の数値は点滴をする前のもので、第1回の点滴結果は23日に反映され、23日の点滴結果は30日の血液検査に反映されている。

2回の点滴で、体のだるさや息切れはかなり軽減されているのは実感する。8月31日に、ジムで時速5・3キロで3キロを34分歩いたが以前よりもはるかに気持ちが楽であった。息切れや倦怠感を感じることもなくなった。この状態を持続することを願うばかりだ。

鉄分が少ない原因は体内から出血していることではないことが分かったので、おそらく何らかの原因で「鉄分の生成」を正常にできない要因があるのではないか。または、食生活の偏りなどが考えられる。どうするか、専門医の助言を聞くことになるのだろう。

この歳でこのような問題が体内で発生していることは驚きである。様子の変化を注意深く見ていきたい。いずれにしても、体のだるさや息切れが単に年齢のせいではなく、鉄分不足、そして鉄分欠乏性の貧血が原因で起きていることが判ったのは大きな収穫である。単なる老齢が原因ではないということだ。

（２０２４年8月30日）

「八十代の残日録」を書き終えて

八十代の春夏秋冬を一段落して、ひとまず書き終えたが私自身では、これからも時ある限り、「残日録」として書き続けていくことには変わりはない。

私の人生にとって深まる晩秋の季節にいるとはいえ、何かを求めて少しでも成就に近づけて日々を暮らすことが人生だと思うからである。日々発見することや、心を温めてくれる事柄や気持ちを突き刺す事象にぶつかったときの想いを自分の営みとして書き続けていきたい。

この記録を書き上げて文芸社に手渡して暫くした或る日突然、老妻が介護施設で脳内出血によって逝去した。この「残日録」の主人公ともいえる妻は或る日、突然私の前から姿を消してしまった。息子たちを中心に本当の親族だけで丁重に見送ることができた。長男が言った。

「お母ちゃんはもう認知症の患いはない。すべての病から解放されて仏様のところに行ったのや」

まさにその通りである。

浄土真宗本願寺八代宗主・蓮如上人の「白骨の御文章」はよく知られるが、その一言が改めて心に突き刺す。

「朝《あした》には紅顔ありて、夕べには白骨となれる身なり…」

朝には若々しい顔をして元気であっても、夕ぐれに白骨になってしまう身である。ひとたび無上の風が吹いてくると、両眼は力なく閉ざされ、一筋の呼吸も止まってわびしい死相になってしまう。

本当にその通りであった。妻の死相を病院に駆けつけてみた時、その突然の変貌にただ、唖然として暫くはただ体の震えが止まらなかった。

文芸社に原稿を手渡してから、随分と細やかな部分について手を入れていただき、ご指導を頂いた編集者には深く感謝である。

書籍・文字による文化的所作が電子的な表現作品にとって代わりつつあるようだが、文字は人間の発達の根拠であることには変わりはない。願わくは文字の文化が一層人間の営みにとって大きな役割を果たしていくことを信じていきたい。

著者プロフィール

川本 道成（かわもと みちなり）

1936年　富山県黒部市に生まれる
1957年　近江高校定時制卒業
1952年　近江絹糸彦根工場入社
1954年　人権闘争が始まり労働組合結成に参加
1961年　日本機関紙協会大阪支部に入所、宣伝指導部所属
その間、労働組合等の機関紙宣伝活動の指導に携わる
沖縄返還、水俣病等の現地取材と共同新聞発行・普及等
1990年　物流機器製造販売会社の取締役総務部長に招聘されて就職
1993年　同社倒産により閉鎖。物流関連人材派遣会社総務部長
2001年　同社労務関係担当顧問に就任。今日に至る
著書『80年に至る軌跡』(2017年、自主出版)

八十代の残日録　黄昏の春夏秋冬を営む

2025年1月15日　初版第1刷発行

著　者　川本 道成
発行者　瓜谷 綱延
発行所　株式会社文芸社
〒160-0022　東京都新宿区新宿1－10－1
電話　03-5369-3060（代表）
03-5369-2299（販売）

印刷所　株式会社暁印刷

ISBN978-4-286-25987-1